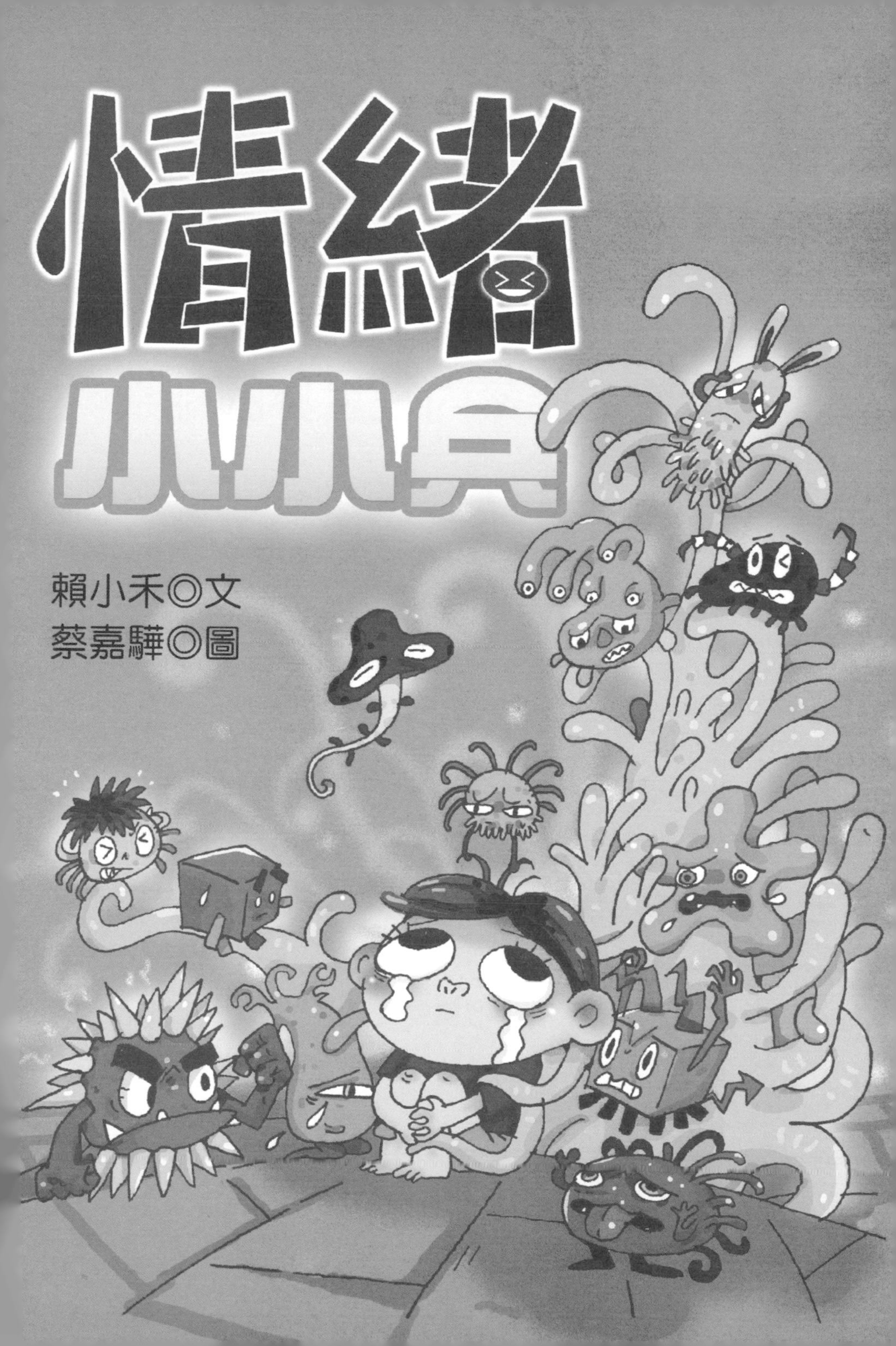

情緒小小兵
賴小禾◎文
蔡嘉驊◎圖

◆推薦序

陳玉芳
（新北市立中和高中輔導主任、諮商心理師）

情緒，探索內在世界的線索

真好看！對於想認識情緒，讓生命更美好的人而言，這真是一本趣味、具象又療癒的好書！

早晨喚醒孩子時，想起女兒昨晚與我談到她心中那刺辣苦澀的嫉妒心情，我信手翻至書中〈魔鏡會客室〉，朗讀女孩與魔鏡那精采又具意義的對話，小三的女兒專注的聆聽，頓時也接受並明瞭，原來這陣子內心裡莫名的比較與自尊卡住了自己和好朋友的關係，是該換上處方箋的「近視眼鏡」以讓心靈視野更寬、更遠，搭配「聽診器」來傾聽自己的內在聲音了。好聽的故事讓女兒帶著笑意起床，再次驗證了理解本身即是莫大喜悅的道理。

人生最難的功課莫過於在肯定自己和接納不足之間拿捏、在想要得到卻觸及不了時尋求平衡，而情緒正是調適歷程中的產物，對於逐漸邁向成熟的兒童、青少年來說，情緒宛如一陣風，有時前一刻還憤怒焦慮，後一刻卻興奮雀躍，真是捉摸不定且難以訴說，尤其是青春期階段，負向情緒特別多，慌張、煩躁、焦慮、孤單、沮喪等情緒更是司空見慣。光要適應身體的變化就已經夠緊張了，再加上課業重擔、人際困惑，甚或親子衝突時，可能經歷的多重、複雜情緒更是可想而知。

而本書提示我們，情緒是療癒健康心理的寶貴線索，正因為覺察到情緒的不舒服感受，才知曉內在有個部分需要被好奇、關注與了解。作者為慌張、沮喪、挫折、懊悔、害怕、憤怒、煩躁、焦慮、傷痛、孤獨、嫉妒、失望等情緒病毒做了清晰條理的症狀描述，用淺白易懂又貼近兒

童、青少年生活經驗的故事來勾勒情緒的面貌，最後再輔以實用的處方，饒富意義的話語，在一次又一次感染情緒病毒又康復的過程中，變得更有免疫力，身心更健康成熟。

　　這本書會是情緒教育上極佳的閱讀文本，有助於引領讀者認識情緒，並學習向信任的人分享自己難受的經驗，訴說的本身就是一種療癒！此刻，我等不及要陪孩子閱讀下一個篇章，繼續情緒的探索之旅了！

◆自序

能大笑，也能大哭

一定要先講，這可不是一本嚴肅的輔導專業用書喔。

當《幼獅少年》怡汝主編找我談，問我能不能寫一整年的小說專欄，主題是青少年常見的負面情緒時，說真的，我還滿「剉」 的，也就是很害怕很惶恐。不過大家看也知道，後來我還是接了（笑）。經過討論之後，我們將12種常見的負面情緒加以「編號列管」，提供一小段無厘頭式的檔案描述，將負面情緒擬人化，甚至讓負面情緒用國中國文課本裡的文言文自己講一段話；小說結束後，也用非正式的、詼諧幽默的方式提出處理該種負面情緒的可能對策。希望這樣的糖

衣包裝，不，這樣的呈現方式，可以騙到更多青少年來看，不，我在說什麼，我是說讓青少年讀者更沒有隔閡地閱讀與吸收。

我們身處的文化，一向比較傾向壓抑個人的情緒，不鼓勵情緒外顯或發洩，這當然造就了溫文儒雅的文化氣質；但另一方面，有時讓大家錯過了一些處理情緒，尤其是負面情緒的練習？例如社會新聞中犯錯的青少年：有些孩子是在學校對滿身名牌的同學產生羨慕甚至嫉妒，有些孩子是對沉重的功課壓力感到挫折或不知所措，有些孩子則是在同儕關係中發生不大不小卻又確實煩惱的誤會……孩子們固然因年輕、衝動而犯錯，但老師與家長們有沒有檢視過在孩子成長過程中，是不是曾需要相關的學習卻錯過了機會？如果我們能在適當的時機教孩子面對自己的負面情緒，以及及時學習接下來的因應或自處之道，孩子們應該會適應得更好，我相信也會減少不少頭

上亂衝亂撞得來的傷疤。

　　這本書要講的東西很簡單（這樣說並不代表就不用再繼續往下看，因為不是人人都會好嗎，這才是重點）。我們都應該誠實面對自己的負面情緒，了解與包容自己會有負面情緒是再自然不過的事情，可能的話，試著冷靜客觀地分析負面情緒，再進一步學習尋找緩和情緒或解決。例如我前面提到的，寫專欄讓我感到害怕、真的很害怕，怕了一、兩天，我只好努力去想自己為什麼害怕：因為情緒處理不是自己的專長，因為每個月都有截稿的壓力，因為怕寫出來的東西讀者不喜歡或接受。多想幾遍，找出所有的原因。既然找出了原因，也就能試著一個一個解決。例如因為不是自己的專長，所以多請教別人多蒐集資料；害怕截稿壓力，所以只好提早準備提早動工；怕寫的東西青少年朋友不喜歡，所以會多和這階段的孩子聊天，觀察他們的作息與互動，甚

至請他們看自己剛寫好的東西，也鼓起莫大的勇氣請他們評論以及虛心檢討。這樣一來，我心中的害怕怪獸似乎受控多了……我也順利完成了這個寫作的任務。

我希望在開放、鬆綁的社會環境中，這一代的孩子們，都能動能靜、能哭能笑、能欣賞別人也能愛自己、能享受快樂也能面對挫折。用健康開朗的心，面對成長路中的許多挑戰。

目錄

提早一站

我來了！來了！

乘著黑夜的翅膀我輕輕的爬上你的心裡。

我來了！來了！

在陽光的每寸間隙我輕輕的爬上你的腦袋。

碰到我你坐著比走著還難過，睡著比醒著還痛苦……

——病毒宣言

情緒病毒小檔案

學名：慌張。

俗名：無頭蒼蠅症、急驚風。

體積：長度900奈米，寬度20奈米。

外觀／顏色：三角飯糰狀／暗紫色。

喜愛環境／好發時期：各年齡層，好與流言共生、交互作用而加劇症狀，易發生於考試、競賽或臨時任務前。

潛伏期症狀：不明原因的緊張、恍神、腦袋不定時短路。

發作期症狀：胡言亂語、時間感嚴重錯亂（絕大部分患者指控身旁所有時鐘都走太快了）、速度快但失去方向感、橫衝直撞。

其他可能伴隨症狀：失憶，嚴重者連大腦基本資訊區都被侵襲、甚至記憶體暫時呈現被格式化狀態。

「來不及了！」心裡的那個聲音說。

我的心臟緊跟著一陣緊縮——都是那個搞不清楚狀況的代導師！趁我們導師去生小孩就胡作非為，竟然照國文成績的前十名用抽籤決定班上參加「成語王」的比賽選手！然後，就那麼剛好，上帝也打盹了沒有聽到我忙不迭「不要不要不要」的祈禱，我一下就被抽中了，再來，也不知道是誰的主意，成語王比賽就安排在沒天良的段考結束的那一個下午……

這使我陷入前所未有的難題！

是先準備成語王呢？還是先準備段考？從抽完籤的那一刻開始，我就開始左右為難。

先念國文嗎？最後那一課的注釋還沒背熟——不，應該先準備成語——還是先看理化

好了，因為最沒把握嘛——成語先從哪裡開始呢？不知道耶，完全沒概念——要問誰呀——不，應該先做數學——應該找些成語大全來看——還是先看公民好了——慢著，成語王到底考些什麼呀，是寫出整個成語還是寫出意思——歷史考什麼範圍啊——不，搞不好是填空——

「來不及了！」那個聲音又說。

我幾乎是一路跑著回家，誰知道樓下大門鑰匙還插反了，氣死我了，開了老半天，都已經快來不及了說。回到家連汪汪跳到我身上都沒空理牠，還罵了牠兩句。我進到房間就迫不及待坐上書桌，桌上馬上堆了一堆書，誰知道都還沒開始念晚餐就好了——

「真的來不及了！」那個聲音又說。

也不知道那天後來是怎樣睡著的。睡

夢中我正在考段考，考卷第一頁好不容易寫完，結果一翻開，後面還有一面，不管了，先做再說，可是明明做完了，怎麼還有一面——我剛剛寫完的呢？到哪裡去了？好不容易又寫完了，一翻開後面又是空白的一面——這是怎麼了？低頭一看時間只剩不到三分鐘——怎麼辦？這時，教務處的廣播響起，一個氣急敗壞的聲音說：「718選手，成語王718選手，請盡快到綜合大樓第二會議室集合，比賽已經開始。」

等我氣急敗壞的衝進會議室，果然其他人已經在位置上，沙沙沙的振筆疾書……

「妳是哪一班？」門口的老師說。

「718。」

「妳叫什麼名字？」

「潘……咦……洪……」天啊，我叫什

麼名字？慘了……

「妳……連你姓什麼都不確定？」評審老師一臉狐疑的看著我。

「我，呃……我……」

「妳叫洪薇宇。」老師嘆了口氣，「算了，快去坐下寫吧——什麼，妳連鉛筆盒都忘了帶？」

我從來不知道一個晚上可以做這麼多連續的惡夢，更不知道接下來第二天我如何度過在學校的一天。唯一可以確定的，是那個聲音還是跟著我：「妳真的來不及了！」

那天我慌慌張張的離開學校，連走過公車站牌了都沒有發現，一直到我已經走到了上一個站牌，長椅上一個同校制服的身影才讓我停下來。

那不是高中部的王欣學姊嗎？她是我們

學校辯論隊的隊長耶，萬眾矚目的焦點，以及所有，我敢說所有國中部不管男生女生崇拜的對象，有時候學校的朝會都是她主持的耶，我好欣賞她那有條有理、從容不迫的樣子，更重要的是，只要她上臺，再也沒有人理睬旁邊的校長和主任說過什麼——

學姊為什麼在這裡搭公車啊？

學姊正在滑手機，看到我靠近抬頭對我淺淺笑了一下。不得了，結果這一笑我左腳馬上絆到右腳，整個人往前撲。還好我拉住了公車亭的柱子。

「學妹，妳還好吧？」學姊說。

我苦笑著搖頭，一邊摸著撞到的膝蓋。唉，如果我可以感染、接收、繼承……不管什麼方式，得到學姊十分之一、不，百分之一的從容和聰明就好了。

一輛公車來了，學姊把手機放進書包。

「小心一點喔。」學姊笑著對我點了一下頭：「掰。」

第二天開始，不知道在腦袋中哪一個部分的指揮之下，我的雙腿又往前一天的站牌走去。

學姊並沒有看到我，她在候車亭的長椅上專心的滑手機，真的不是故意的，但我實在忍不住走到她的身後。一看她在寫字，寫了幾句，又抬頭看看天空，好像在沉思什麼問題，然後又回到手機畫面，專注的又輸入一段文字，修修改改一陣之後，她又上網找出一個都是文字的網頁，專心的滑動畫面閱讀起來……

突然間的一個噴嚏，讓學姊發現了我。

「對不起喔，」我緊張的說：「我不是

故意要看。」

「沒關係，」學姊無奈的笑了笑：「沒辦法。下禮拜五的辯論賽。昨天才寄來的邀請函。」

「下禮拜五？」我吃驚的說：「那不是剩不到十天了嗎？」

「哪一次不是這樣啊，」學姊說：「多少是存心要給對方難題的囉。」

她用手機叫出一封電子郵件，放大內頁裡一個醒目的標題：兩岸服務業貿易協定對臺灣經濟的得失。

公車來了，學姊揮揮手，很快上車了。留下傻在原地的我。

啥米啊，連要順利念出題目都有問題，更別說知道它在說些什麼了，怎麼準備呀！

「……這麼短的時間就要上臺，學

姊，」第三天，我好不容易在校門口追上了學姊，「到底要怎麼準備啊……」

「無論如何，先想一遍。」學姊對我說，「無論時間有多趕，無論題目有多陌生，無論最近有多少書要念。」

「三、五分鐘就可以，」學姊又說，「想一下題目是什麼意思。想一下你對它能掌握多少。想一下你能做哪些準備。」

「演辯社的成員啊，平常多少就要留意相關的消息或報導，先把事情的來龍去脈和重要的概念搞清楚；不懂的部分趕快上網找資料、或是問人，最好順手做一些筆記。」學姊慢慢的說，「等到拿到題目了，就開始整理正反兩邊所有可能的理由。因為抽到哪一邊還不知道，所以只好都準備。」

「好厲害……」我真心的說：「妳都不

會緊張嗎？學姊。」

「嘿嘿，」學姊給我一個意味深長的眼神：「告訴妳，全世界沒有人是不會緊張的。但是，是人要想辦法控制緊張，而不是讓緊張反過來控制人。」

「哦……」這句話好難喔，我說：「那，萬一都要上臺了，可是妳覺得自己還沒準備好呢？」

「哈哈哈，」學姊大笑：「其實，從來沒有一次，我是覺得自己已經完完全全準備好的。」

「啊？」我吃驚的說。

「既然都要上場了，好消息就是，不用再準備了！」學姊說，「這個時候，就是頭皮要硬，臉皮要厚。別的不用多想，反正……無能為力了！」

想不到面對這些事情，也可以這麼輕鬆……我不禁吞了一口口水。

「妳有心事喔？學妹？」學姊看了我一眼。

「我——呃——」我想我的臉一定紅到不行，幸好這時公車來了，我一溜煙上了公車：「明天見，學姊掰。」

「無論如何，先想一遍喔。」學姊微笑揮手：「掰。」

無論如何，先想一遍。我好像被點通了一點什麼。

也許，常常參加大比賽的人，也不是什麼了不起的人喔，不，我的意思是說，他們很厲害，但是，他們也是普通人。懂得計畫和準備的普通人。

難怪學姊會提早一站上車。多走了一點

點路，也多了一點點時間準備，也許，也多了一點點機會，得到休息或思考的位置。

成語王的比賽結果，我連入選都沒有。段考的表現，也只是和從前差不多而已。但是我卻很高興，因為只有我自己知道，我已經戰勝了「慌張」的老毛病。

再見到學姊，已經是好幾個禮拜後的事了。

學姊正帶著演辯社的隊員，穿過校門走進來，正好經過我們班的外掃區，我高興地和她打招呼：

「學姊！」

「學妹！」學姊微笑說：

「妳的事情解決了嗎？怎麼樣呢？」

「很好，」我真心的說：

「好得不得了。」

「嗯，孺子可教也，」學姊轉頭請同學先走，然後轉過來，拍拍我的肩膀，揚了一下眉毛：

「我就知道。我已經準備要把妳拉進演辯社了說。」

剎那間，那陣久違的，心臟緊縮的感覺又攫住了我——

「明天放學，五點半以前，有一場新社員的入社篩選，」學姊連珠砲似的說下去：

「是抽題目的即席演說，三分鐘。一定要來。」

「什——麼？」我只來得及迸出這兩個字。

「題目是，伊拉克對美國開戰對全球局勢的影響。」

「伊——伊，『伊克拉』——」就在我

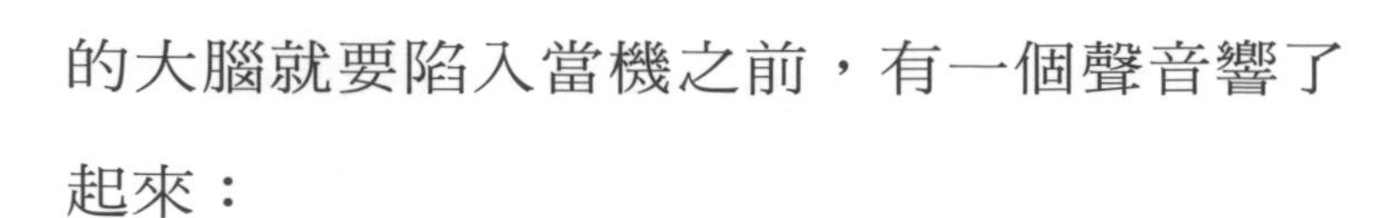

的大腦就要陷入當機之前，有一個聲音響了起來：

「無論如何，先想一遍。」

「等一下！既然是即席演說，妳剛剛也說要抽籤了，」我說：「那為什麼會有題目呢？」

「被妳發現了！」學姊拔腿就跑。

「可惡，學姊，妳竟然敢騙我！」顧不得衛生組長隨時會出現的嚴重後果，我舉起竹掃把就緊追上去，

「看我打妳！」

「嘻嘻嘻！」學姊調皮的笑著，早就消失在走廊的不知道哪一道門裡，追著追著，氣喘吁吁的我，不禁也彎下腰，悶笑了起來。

處方：冷靜10毫克、智慧10毫克、計畫10毫克、大膽10毫克。

醫囑：需要時隨時隨地佐溫開水服用，症狀減輕時可斟酌減少藥量，甚至自行停藥。本病毒經感染痊癒之後，可望終身免疫。

寒假如此這般

好家在你沒朋友，就算樂透不欣賞。

搓來搓去韶光老，人生沒有希望好。

——病毒宣言

情緒病毒小檔案

學名：沮喪。

俗名：沒電金頂兔、無可救藥的悲觀主義。

體形／體積：長度約600-650奈米。

外觀／顏色：圓棒狀，上布有密集尖刺突起／黑色。

病例圖檔：T T

喜愛環境／好發時期：面對不喜歡做或做不好的事情時、壓力來臨前，閒著沒事幹的時候。

潛伏期症狀：數日子、視野縮小至眼睛只看得到自己不想面對的那件事。

發作期症狀：只會往壞處想、暫時性的全灰色色盲。口頭禪「只要有錯，都是我的錯」。

其他可能伴隨症狀：胃口差、體重減輕、失眠、熊貓眼。

親愛的網誌：

只剩十天。

這就是命吧。

命運之神，不，命運的惡魔，已經牢牢的把我攫在手掌心裡。任憑我如何大聲呼救，也不會得到一點同情或援手。

「哈哈哈，該來的，就一定會來。」它高聲嘲笑我：

「你逃不掉的。」

版主發表在 痞子邦 PICNIC ／ FEB 14 SAT 2015 11:59 ／不公開

親愛的網誌：

歡樂，就注定是短暫的嗎？

剛放寒假時，我是多麼快樂啊。一切都顯得那樣美好。世界像新生成一樣，充滿新鮮的空氣、繽紛的色彩與無盡的歡樂。

然而，這些歡樂，九天後就會跟人魚公主化成的微小泡沫一樣，在寬闊海面上無聲無息的消逝了。

版主發表在 痞子邦 PICNIC ／ FEB 15 SUN 2015 10:52 ／不公開

親愛的網誌：

該如何形容呢，我想，悲傷就是我的全部。

我如何背負這日益沉重的心靈？

學校是一隻龐大無厭的怪獸，八天之後，我就要自動走入它的口中，讓它吞噬我腐蝕我消化我，直到我化為烏有。

版主發表在 痞子邦 PICNIC ／ FEB 16 MON 2015 12:27 ／不公開

親愛的網誌：

人說人生最苦是生離死別，但他們哪知

道開學，是無限倍數，更加難以下嚥的苦難呢。

要鼓起勇氣面對七天後的這件事，這是人生中何等難以承受的痛苦。

昨天晚上三點才睡著，今天到中午都爬不起來。媽媽從公司打電話回來，也叫不醒我，她簡直氣瘋了。她哪知道，上學、放學、上課、下課、考試、吃飯、人來、人去、集合、解散，這些都是要人命的、無時、無刻、無盡的折磨。

有一度我拿起電話想要打給同學。但，算了。我想沒人救得了我。

版主發表在 痞子邦 PICNIC ／ FEB 17 TUE 2015 12:42 ／不公開

親愛的網誌：

人愈多，愈襯托我的孤單。爺爺直說

今年的年夜飯有二十三個人一起吃。二十三個人的年夜飯又怎麼樣呢，就算兩百三十個人，兩千三百個人，那種歡樂也是完全無法感染給我的。

這個過年，我確定，我將無法有任何歡樂的心情。

領了壓歲錢又怎樣，那只表示開學又近了一天了。

六天，連逃走都來不及了。

版主發表在 痞子邦 PICNIC ／ FEB 18 WED 2015 12:21 ／不公開

親愛的網誌：

人家眼中看到的是大年初一，我眼中看到的卻是倒數五天。

清晨五點，即使窗外的鞭炮劈里啪啦響、鑼鼓喧天，卻驅趕不走我的失落。我的

心一片死寂。

　　我不是被吵醒，我是睡不着。

　　一度我上了線，遊戲的名單上熱鬧無比，或許認識、或許不認識。但我還是下了線，悲傷已經俘虜了我，我怎有對打的心情呢。

版主發表在 痞子邦 PICNIC ／ FEB 19 THU 2015 01:10 ／不公開

親愛的網誌：

　　回外公外婆家拜年。一整個晚上沒睡的我，在人前強顏歡笑，人後誰能理解我心中的無奈和苦楚。

　　倒數四天。

　　姨媽和舅舅，問我是不是寒假作業寫不完不開心，我只能苦笑著搖頭。

　　關寒假作業什麼事呢。那一點作業，我

放假後兩天就抄完了。

版主發表在 痞子邦 PICNIC ／ FEB 20 FRI 2015 12:10 ／不公開

親愛的網誌：

爸媽說要收心。我有何心可以收呢。如果我說我不想去上學，爸媽會有多難過？同學會用何等的眼光看我？過了今天就是明天，而後天就要開學了。

我的心到底遺失在哪裡？拾得回來嗎？

有誰能夠了解一位八年級孩子的心酸。有誰能夠了解，上學的路竟會布滿荊棘。

版主發表在 痞子邦 PICNIC ／ FEB 22 SUN 2015 02:30 ／不公開

親愛的網誌：

我已經絕望了。

今夜闔眼後，天明就是開學。

願我永不必再睜開雙眼面對天明。

版主發表在 痞子邦 PICNIC ／ FEB 23 MON 2015 03:13 ／不公開

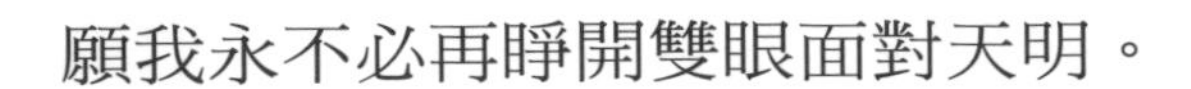

親愛的網誌：

你知道嗎？我們導師燙了一個超級爆炸的米粉頭！爆到我們都睜不開眼睛、爆到遮住身後三排同學、爆到蝴蝶蜜蜂蜻蜓滿天飛舞、爆到滿天金條眼花撩亂！我們猜她一定是想交男朋友想瘋了、寒假相親又失敗，才會做出這麼激烈的舉動！

搬課本的時候，我們班只派了三個人去，我們只好每個人提兩捆，而且誰知道我其中一捆書從一樓還沒提到二樓繩子就斷了，我只好抱著一大堆課本從二樓慢慢走到五樓，手上還要另外再提一捆。另外那兩個同學也沒好到哪裡去，已經提得齜牙咧嘴、

還要一邊告訴我哪裡的書快要掉了、一邊幫我撿掉到地上的書，真恨不得我們身上都長出五條手臂！好不容易到了班上，老師還很不高興的說怎麼那麼慢，真是有夠給他那個的！

但是有一個好消息，掃地工作重新分配了，我被分配到外掃區。外掃區導師不會天天都來看，況且，如果被評分同學看到落葉，就說掃完又掉的就好了。YA！

還有還有，風紀換人了，老天有眼，天地良心，可喜可賀！以前那個風紀簡直是有眼無珠、白目到瞎。只要午休鐘響，管你剛掃完地拿著水桶掃把畚斗進來也要記、上廁所上到一半提著褲頭進來也要記、交作業交到一半屁股只差座位五公分也要記……你知道被記一次要罰寫國文課文一遍嗎？如果那

時候在上五言絕句也就算了，如果剛好上到落落長的記敘文……

今天體育課一開始就全班連續跑了五圈操場，跑到我們全班叫爺爺叫奶奶叫林校長叫林老師，然後還沒完呢，接著連打兩場躲避球！我們體育老師說，只要天氣好，每堂體育課一集合就自動跑五圈，超變態！他想把我們都操成鐵人嗎？我看還沒有變成鐵人會先變成廢人。

還有還有，其他都不重要，胖弟要——告白了！自從知道校花喜歡吃檸檬蛋糕之後，胖弟就發願要做出全世界最好吃的三層檸檬蛋糕。據他說，寒假用掉了上百顆檸檬，打了上千團麵糊，做到隔天都聞得到手指頭的酸味，有一次睡覺時手抽筋，烤箱還差點烤爆。但是三層這個部分，他卻矢口否

認他有說過相關或類似字眼。總之，等下週全世界最好吃的檸檬蛋糕出爐了，他就要在上學的路上給校花驚喜，並同時告白；至於我們另外三人，則是作為壯膽與見證之用。你猜，會發生什麼事呢？

版主發表在 痞子邦 PICNIC ／ FEB 24 TUE 2015 10:08 ／留言(6) 引用(0)人氣(12)

處方：規律作息30毫克、人群接觸30毫克、開闊視野20毫克。

醫囑：每日一劑。需於晒太陽至少三小時、運動至少兩小時至汗流浹背後服用，服藥後為使藥效充分發揮，另需加做「往好處想」練習二十分鐘。

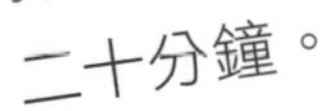

魯蛇對話

余獨愛比較，其潰眾而不招議，斬千而不染塵。這比那比，中比外比，不比不行，愈比愈多，怎比都行，世人皆可俘虜而不可惻隱焉。噫！天下威風，同予者何人。

——病毒宣言

情緒病毒 小檔案

學名：挫折。

俗名：終身草繩恐慌症（典出「一朝被蛇咬，十年怕草繩」）。

體積：寬度3～600奈米不等。

外觀／顏色：扁形，邊緣不規則或呈霧狀／灰白色或暗灰色。

病例圖檔：ˊ∧ˋ

喜愛環境／好發時期：帶有好勝基因之人體、繁殖速度與宿主以往成績表現呈正相關，大小考試、比賽結果或名次公布後。

潛伏期症狀：極度不安、患得患失、夢話內容常是司儀正在宣讀得獎名單。

發作期症狀：臉色發青、發紅、發白、發紫、失去現實感、仰天長嘯、嚴重者抱頭逃離現場。

其他可能伴隨症狀：習慣性逃避類似或（自以為）有關聯的主題，作用期長短因人而異。

自從上了十二個月份的單字之後，我就開始覺得，我這輩子已經不可能學好英語了。

什麼bery、ary、Ju、ma的，一個比一個長……一個比一個難念……美國人的腦筋有這麼複雜嗎？腦袋有那麼大嗎？裝得下這些？

一月、二月、三月這樣講不好嗎？非得要發明出十二個沒有規則、又臭又長的單字？有夠給他○○××的。

考前六個月的單字的時候，我還勉強可以背出兩個到三個，但是到了後面六個單字，每一個都那麼長，我就不行了。念也念不出來，字母更像自己會打架一樣，背了又背、抄了又抄，還是像一團麻花一樣扭在一起，什麼跟什麼都分不出來……

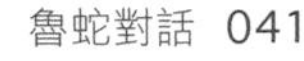

拿著零分的小考本回到座位，真的難過得快要哭了。後面還有大卷、還有段考、還有會考，怎麼辦？

被打敗了，我的人生絕望了，澈底的被打敗了，我這一輩子就這樣完了，我完全輸了。

回到家，不想講話。爸媽加班，還好。扒完姊姊買回來的便當，我就躲回房間，用被子蒙住頭，什麼都不想再想。

朦朧中，房間的另一頭傳來吹風機的聲音。然後，地板響起喀啦喀啦的腳步聲……我偷偷掀開棉被的一角——不得了了，怎麼有人在我的房間！還敢大搖大擺的使用我的東西！

「妳是誰？！」我用力掀開棉被：「妳為什麼在這裡！」

「我是呂之琪啊！我在我家啊。」她理直氣壯的說：「那妳又是誰？」

「什麼？妳是我？」我指著我自己。

「什麼？我是妳？」她也不可置信的看著我：「……仔細一看，妳和我長得……還滿像的。」

「但是妳比我胖，」我說：「還比我老。」

「老什麼？」她也不甘示弱的說：「我也才二十四歲而已。」

「比我老了十歲……」我還是滿肚子問號：「但是妳說妳是我……」我看著她：「妳也說這是妳家……」

我們兩人陷入了一陣沉默。

「這麼說，妳是十年後的我囉……」我還是很懷疑。

「誰知道，」她好像一臉不屑：「也許

吧。反正我住在這裡沒錯。」

「妳可以穿高跟鞋喔？」我看著她腳上那雙釘著蝴蝶結的、嶄新發亮的鞋子，是我最喜歡的粉橘色。

「為什麼不可以？」她還是滿臉不在乎：「我有十幾雙哩。」

「妳還染頭髮？」我又說。

「為什麼不行？」她感到奇怪似的看著我：「我早就成年了耶——妳看我這邊的大波浪，有沒有被枕頭壓扁。」

「一直是扁的啊。」我忍不住摸摸自己的後腦勺。

「亂講，我吹了半天。」她呼的一聲站起來。

「不跟妳說了，我還要出門去補英語。」

「什麼，妳現在還要去補習英語？」我不敢置信的看著她。

「對呀，還不是因為我以前，不，因為妳國中太早放棄英語了，」她瞪了我一眼：「我只好花更多的金錢和時間，去重新學英語。拚命打工的錢，都交給補習班了，氣死人。不只這樣，我還在學泰語和越語咧。」

「瞎米！學一種還不夠？」我大叫。

「妳不知道齁，臺灣現在多難找工作啊，」她說：「大部分的公司和工廠都外移了，臺灣只剩下一個小部門，要靠著和許多國家做生意、或是跑來跑去監督東南亞製造部門的產量，才能維持臺灣的經濟、還有小老百姓自己的生存呀，所以年輕人一窩蜂跑去學外語，會說外語才能找到好一點點的工作——呼，我跟妳說，比較起來，英語是這

當中最簡單的一種哩。」

「怎麼可能，」我又想到今天的小考本：「我覺得好難……」我遲疑的說。

「學英語也要有方法吧，先練習用發音拼出音節啊，一個、兩個、三個音節慢慢習慣、慢慢延長啊。多聽多講是一定要的啦。老師上課說的先聽懂，然後要反覆練習、多背多累積。妳有去問別人怎麼背單字嗎？」她睜大眼睛看著我：「問老師啊、問同學啊、問姊姊啊。問到懂為止。」

「不要，」我直覺的說：「好丟臉。」

「臉比較重要，還是妳的未來比較重要啊？」她瞪著我：「我真不懂妳那時候，為什麼那麼快就放棄了！」

也對啊，我七年級英文也沒有很差啊，我們那組抽到上臺演話劇的時候，我也背了

不少臺詞哩。為什麼碰到長一點的單字，我就沒輒了？我看著她氣呼呼的臉，不好意思的搔搔頭。

「妳，」看著站起來對著梳妝檯鏡子刷睫毛的她，我忍不住說：「為什麼還是那麼矮啊？」

「還說哩，」她沒有停下手裡的動作：「因為妳偏食又不運動啊。偏食也就算了，我也不知道拿偏食怎麼辦。但我記得妳跳繩跳了三天就放棄、打籃球也打沒兩天就不打了。」

「我每天跳了一千多下，可是連一公分都沒長高啊。」我說：「別人一學期就長高了七公分說，沒有用的啦。」

「妳這白痴！」她的睫毛好像刷好了，轉過頭來咬牙切齒的說：「妳自己都說別人

跳了一學期了。為什麼那麼快就放棄！打球也是！纏著爸媽好幾天，好不容易花錢買了籃球和球鞋，卻丟在儲藏室裡，這樣怎麼可能會長高！」

「誰叫球場的人笑我，」我嘟囔著：「連投三球，都投不進去。每次場邊都有那麼多人在看……連我姊也笑我！」

「妳姊什麼不笑呢？捉弄妳只是她的樂趣，妳何必跟她認真？」她說：「球場那些人妳認識過嗎？他們現在在哪裡呢？妳後來還看過他們嗎？」

「怎麼可能……」我的聲音小到連自己都快聽不見。

「所以妳幹麼要在意。他們誰現在還記得妳？」她卻大聲起來了：「妳真的很白痴耶，這樣就放棄了。」

「如果不是趕時間，真想打妳一頓。」她那副齜牙咧嘴的樣子，還真令人有點害怕：「那麼沒耐心，什麼都撐不下去。把我害成這樣。愈想愈不甘心！」

「不說了，我真的要去補習了，都是妳害的。」她又加了一句，然後對著鏡子看一看，往下拉了一下那一件緊到不行的上衣，打開門。

「等一下，」在她就要走出房門前，我想到一個我非問不可的問題：「那……妳有男朋友嗎？」

「沒有，」她搖頭：「喜歡的男孩子當然是有啊，可是……可是……不敢告白。」

「為什麼？」我睜大眼睛：「試試看嘛，為什麼不敢。妳都二十四歲了耶。」

「應該是因為……」她想了想：「怕失

敗吧。」

「妳被拒絕過？」我更好奇了：「幾次？」

「一……一次。」她說：「高中一年級的時候。」

「拜託！都那麼久了！」我說：「也夠久了吧！早就可以找別人了吧。」

「沒辦法，心裡有陰影嘛。」她抓抓頭說：「害怕會被拒絕。不知道為什麼，就是覺得會失敗。」

「所以，我未來至少到二十四歲都沒有男朋友喔，」我說：「這也太慘了吧……」

「慘的是我吧。那對妳是還沒有發生的事，」她的眼睛又冒出火光：「對我來講，卻是現在、每天、每一秒都要承受的痛苦！」

「妳這個魯蛇！」我忍不住說。

「那還不是因為妳太容易放棄！」她也不甘示弱。

「是妳吧，」我心虛的說：「干我什麼事……」

「有妳才有我啦！」「碰」的一聲，她甩上門走了。

「喂！」是她回來了？我揉了一下眼睛，卻變成我姊氣沖沖的站在門口，「電視的搖控器呢？是不是妳拿走的？」我姊連珠炮似的對著我大吼：「還不快拿出來！」

「我沒拿啦，」我恍神的說：「騙妳幹麼。」

「給我拿出來。」我姊一邊說著，一邊動手就要掀我的棉被。

「就跟妳說沒拿嘛！」我用力拉著棉被

的另一端，一邊用盡所有的勇氣大喊：「姊啊！救命啊！十二個月的英文，到底要怎麼背啦？」

處方：耐心20毫克、毅力20毫克、堅持20毫克。
症狀持續一週以上，仍嚴重時，再加上固執20毫克，仍無改善時，再加頑固20毫克。如果同時服用五種藥劑仍無法緩解症狀，建議當機立斷、重新回頭檢討失敗的原因。

醫囑：有類似潛伏期癥兆時立即服用，每天四次：三餐飯前與睡前。適度獨處、家人或朋友陪伴、運動、看勵志電影可能也有幫助。

注意：出現輕微不適時即應及時處理，切勿耽擱以免延誤病情。

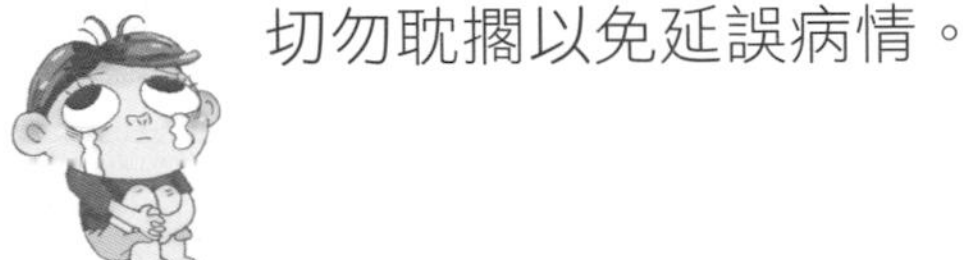

我想告訴你

前不見動力，後不見決心；

我愛遺憾悠悠，每見則竊喜而不自勝。

——病毒宣言

情緒病毒小檔案

學名：懊悔。

俗名：飲恨、抱憾症候群。

體積：最大直徑約55奈米。

外觀／顏色：圓球狀，具擺動快速的多條觸角／深藍或淺灰色。

病例圖檔：(” _ _)

喜愛環境：1.害羞傾向者。2.懶惰不好動者。3.好耍酷者。4.充滿「一動不如一靜」、「天塌下來了，也有高個子的人會擋著」、「惦惦吃三碗公」、「多一事不如少一事」、「囝仔人有耳沒嘴」的土壤或氣候。

潛伏期症狀：發呆、皺眉、猶豫不決、優柔寡斷、特別難下決定。

發作期症狀：自責、自傷衝動、想拿拳頭打自己。患者常患囈語：「早知道……早知道……」，或是：「如果重來一次，我一定……」一日數十回至數百回不等。

其他可能伴隨症狀：長期無法緩解的慢性疼痛。

你把臉書帳號刪除了，是嗎？

我在網路上試了好幾次，都沒辦法找到你。

我想我應該早一點告訴你的，其實你並不孤單。

我知道那幾個男生喜歡欺負你。我早就知道。

剛開始是掃地時，沒有錯吧？包含你和我在內，打掃活動中心的地下室總共有五個人，但是那三個人剛開始還算認真的掃了幾次地之後，發現很少有人來看，就開始大搖大擺坐在一角的軟墊上聊天滑手機。玩得太開心忘了時間，鐘響了就匆匆把掃具丟給你一個人，嘻皮笑臉拜託你幫忙收拾，然後他們幾個就閃了。

我那時很想跟你說，不要幫他們收。絕

對不要。

最好我們被導師或衛生組長檢查到，我心裡想著。

但是你卻收了。

對待他們那種人，絕對沒有好心這兩個字。

我想我應該清楚告訴你的。

但是我卻沒有。

一開始就不要幫忙他們。要記住喔。

你看他們為什麼不叫我來幫他們收。很簡單，因為我不會幫他們收。

我寧可衛生組長發現我們，寧可她臭罵我們一頓，最好去告校長，愈多人知道愈好。

最好我們五個人午休全被叫去學務處前面罰站，站三天五天都沒關係，因為那樣他

們三個人也得到處罰了，而且會有更多人注意到這五個人當中，有一些人是不掃地的。

但是這樣的心願並沒有實現。

我們依舊孤獨的掃著活動中心地下室。

我那時候有很多機會跟你說話的。但我為什麼沒有開始呢。

你一定覺得不公平。我也覺得。

而且我知道怎麼和這些爛咖同學相處，你卻不是。

但我卻沒有告訴你。

然後他們就開始有意無意捉弄你。

像是下課時間你要出教室門口的時候，他們就故意用身體擋住你。你往這邊他們就往這邊，你往那邊他們也往那邊。讓你左也不是，右也不是，搞了好半天還是不讓你過

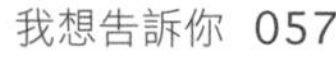

去。

我都看到了。

千萬不要讓步給這種人，我跟你說。更不要繞到教室另一個門口，他們會聯合好，叫另一個人堵在另一個門口。

有一次我也要出去，故意擠到你前面，很粗魯很大聲對他們吼：

「我要過去啦！」

你瞧，他們根本沒什麼膽子的。

也許你注意到我替你解圍了，也許沒有。

我沒有去看你的表情。

為什麼我沒有呢？我為什麼不讓你知道，我是在幫你呢？

你下次要大聲說你要過，愈大聲愈好。做壞事的人膽子都很小，你相不相信。

如果他們還敢不讓你過，就更大聲說你一定會去告老師。

不要怕他們。知道嗎？

久了他們就覺得不好玩，就會放棄了。

或者是學用品不見了。

剛開始，善良的你總以為是自己弄丟了或忘記帶。你總是抓抓頭，對老師說對不起，然後不好意思的去跟鄰座的同學借。

傻瓜，哪有人會某一天才開始突然忘記帶東西，又不是腦袋有洞。

我相信你也知道是他們幾個搞的鬼，但你沒有講。

我有時下課會偷偷瞄一下誰靠近你的桌子。

但可惜我什麼都沒有看到。

哼，就不要給我逮到，人贓俱獲。我心裡想著。

直到那天，連你置物櫃的數學課本和數學習作都不見了。

數學老師的反應一向這樣，人如其名，超沒力的。只見她嘆了一口氣，說：「怎麼又是你？你的東西又不見了？你的東西有長腳嗎？」

吼，這是什麼答案，有人的東西會在八年級的某個時間點，突然都開始自我蒸發嗎？用點腦筋好嗎，拜託。

我知道老實的你，心裡一定很難過。

而且隔天數學課本跟數學習作就自動出現了。

後來你補交習作了嗎？你有跟數學老師說嗎？

我應該要問一下你的。

我應該要跟你一起罵罵這些老師的。你的心裡一定會舒服一些。

我沒有告訴你，有一次午休的時候，他們當中有一個，想趁你熟睡的時候，蹲低身體從你的前座，伸出手把你兩隻腳的鞋帶綁在一起。想讓你出醜。

他抽到第二隻腳的鞋帶時，我就突然從座位上站起來。

「你敢。」我用眼神和嘴型清楚告訴他。

他放棄了。

所以午休結束後，你只看到兩隻鞋子的鞋帶都掉了。

你一定覺得莫名其妙呵。

我沒有告訴你這件事。

是覺得沒什麼、連講都不用講嗎？還是要主動很麻煩、不想講？或是不好意思跟你講？

我也說不上來。

但我現在才知道。我那時應該講的。不用去管你會不會反應，有沒有反應。

你有沒有把我當朋友也不是重點。讓你有感覺有人會幫你，就好了。

早知道。早知道。

應該也是那段時間開始吧，班上同學的臉書上，那幾個人開始到處留言，字裡行間出現只有班上同學會懂的，對你若有似無的嘲弄。

有膽子就指名啊，既然不敢說是誰，還

要說人家的壞話。

導師也注意到這件事了。終於，我心裡還滿高興的。

我知道導師約談了好幾批同學，好像也打電話給好幾個家長。我有一次去拿聯絡簿的時候有聽到。

惡意捉弄同學是接近犯罪的，班上絕不容忍這樣的事情發生。導師在班會時鄭重給大家看她手中幾張準備要送出去的警告單。

臉書的發言變少了。

但是你卻也變得沉默了。

不管是上課或下課，你發呆的時候愈來愈多。不是看著黑板上固定的一個點，就是看著窗外那幾棵大概已經站了一百年的椰子樹。

到了這時候，我卻還是沒有跟你講話。

我是你的朋友的。我為什麼沒有讓你了解這件事。

我真的想說，唉，真的應該說的。後來眼鏡的那件事，可能是誤會。

那天，上完體育課回教室，下一堂的國文課開始五分鐘了，你卻還是找不到放在抽屜裡的眼鏡。

國文老師停下課程，嚴厲掃視班上每個人，要求拿走眼鏡的同學，立刻把東西拿出來，否則一旦被搜到，會受到加倍嚴厲的處罰。

並沒有人交出來。

老師又問了一次。還要每個人把書包打開放在桌上給她看，連導師都來了。還是沒有找到眼鏡。

我看到你脹紅哭泣的臉，感受到你心裡的無助。

你聽我說，我好像有看到你戴去上體育課耶。

你有沒有留在球場？留在廁所的洗手臺？還是留在體育館前集合的臺階？

但是我卻還是沒有講。

直到老師把已經無法上課的你帶走。

隔了兩天，你戴了新的眼鏡。但卻更沉默了。

眼鏡的事，也許跟他們無關，也許跟他們有關。

但是，都不要以為你只有自己一個人。

我太不應該了。為什麼我到這時候還不講呢？我為什麼還覺得我挽救不了什麼呢？

你心裡的傷害，是不是在這時候，已經形成了？

聽我說，也許沒有人惡作劇。

你一定討厭我們這個班，對不對？也包括我嗎？

隔了一個禮拜吧，你沒有來上學。

剛開始是一天，然後兩天，三天。

都沒有看到你。

我應該做點什麼的，至少去臉書留話給你。

但我卻到了這時候，還是什麼都沒做。

我遲鈍到沒有感覺到，這可能是和你說話的最後機會了。

然後他們說，你轉學了。

你轉到哪裡去了？

有人說臺北。有人說大陸。

我們有這麼陌生嗎？

我這才開始後悔。

這些，那些，我有好多事情，應該要告訴你的。

而我卻連你現在在哪裡都不知道。

你是帶著怎麼樣的心情轉學呢？你討厭這裡的一切嗎？你討厭這個班級嗎？

可是還有我啊，我是和你站在一起的。

只是我沒有來得及讓你知道。

對不起。

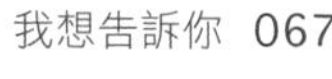

處方：決心最大單位，勇氣最大單位。症狀未緩解時加服衝動半顆（20毫克）。

醫囑：要把握藥效。只要對問題有足夠的考慮與評估就採取行動，不要想太多。這是為了別人也是為了自己。世界還是有正義公理的，只是需要人類去挖掘與維護。

特別收錄民間偏方：觀賞電影《練習曲》。一天對自己重複說十次主角東明相的名言：「有些事現在不做，一輩子都不會做了。」

給外婆的祝禱文

汝不知吾何許人也，亦不詳吾出身故里。

閑靜少言，不慕榮利。好王卿，不求甚解，每有走卒，便欣然忘食。

吾貌無敵，汝實不知用計可潰，每出，有斬獲，便欣然失笑。晏如也。

——病毒宣言

情緒病毒小檔案

學名：害怕。

俗名：恐懼、驚嚇症候群。

體積：依活躍程度變化，直徑約30～120奈米。

外觀／顏色：呈放射水滴狀／深黑色。

病例圖檔：｛｛(>_<)｝｝

喜愛環境：1.膽囊實際體積偏小之人體，即俗稱之「膽小鬼」。2.與膽囊大小無關，好誇海口稱自己什麼都不怕的人體。

潛伏期症狀：舉出層出不窮之理由拒絕同一件事，談及特定事物時就變得彆扭、口吃或顧左右而言他。

發作期症狀：失聲大哭、倒地抗拒、抵死不從。

其他可能伴隨症狀：真的或假性休克。

外婆，昨天下午我們趕到醫院的時候，妳已經陷入昏迷了。

醫生說妳可能不會再張開眼睛了。

是不是很黑？外婆。

可是，外婆，我要跟妳講很重要的事。

妳知道我從小就怕黑。妳太知道了。

大家都記得那一次惡作劇。

大概我四、五歲的時候吧，我那對雙胞胎哥哥明知道我怕黑，還故意騙我，說要跟我比賽，看誰能在全黑的房間待最久，就可以得到大獎品。

他們分配到一樓的廁所，而我則是樓梯底下的小儲藏間。他們說因為是比賽，不可以賴皮，所以門要從外面鎖起來。

我根本不知道他們把我鎖好後就開門溜出去了。等了好久，我在儲藏間裡愈來愈害怕、愈來愈驚慌，後來忍不住大哭，家裡卻沒有人來救我。等到媽媽下班回來，救出已經聲嘶力竭、哭到幾乎岔氣的我，玩到忘了時間的雙胞胎哥哥才匆匆忙忙的回家。

原來，把我關起來，只是為了方便他們兩個不用帶我去附近的同學家，妨礙他們打線上遊戲。

雖然他們立刻被揪住毒打一頓，外加罰跪一晚，以及道歉與保證，絕不再這樣欺負妹妹，但是我已經嚴重怕黑，一直無法改善。

外婆妳一定懂。

黑，因為看不透，就沒有限制，包含所有可能的、無窮無盡的想像。

黑暗中的地板，會捲起飽含多年怨恨的灰塵，張牙舞爪想要找人復仇。再遠一點的地方，陰涼溼滑，千萬不要過去，一定有東西等著你失足跌倒，可能是嘶嘶吐信、飢腸轆轆的大蟒蛇，或是覆滿劇毒膿瘡的醜惡癩蝦蟆，在黑暗中陰險的看著你，但你卻看不到牠。

天花板上斑駁的壁紙或油漆，彷彿有一隻細長的手臂，慢慢從縫隙中伸出來，尖銳的、冰涼的指尖朝著你的方向靠近，再靠近……

還有牆上舞動的陰影，窗外晃來晃去、無法用言語形容的身形，空氣中……你背後……頭髮上……過來了，真的過來了……

所以我絕不關燈睡覺。

即使因此被嘲笑，或校外教學隔宿露營

時，得罪同組所有同學，我還是堅持。

所以我絕不玩鬼屋，誰敢找我去，我就翻臉。

所以在學校做理化實驗，要關上室內全部的燈時，我一定找理由先離開教室。

所以我絕不看電影。即使所有人都不懂電影開始前及結束後那短暫的黑暗，到底有什麼問題。

雖說地球無論何時，總有一半是太陽照不到的區域，也就是說有一半是黑暗的；雖說科技文明再進步，世界上總有沒有電力照明的地方，但我立志活在陽光下。

我總是這樣說。

直到五年前的那場大地震……

那一陣子外婆妳正好來探望我們，住在我們家。

那個晚上大概八點多，一陣駭人的天搖地動之後，隨著「啪」的一聲和鄰居的驚叫，燈光全滅，一切陷入黑暗。

停電了。

我正好洗澡洗到一半……

「誰來呀？誰來呀……」我聽到外婆軟弱沙啞的叫聲，伴隨著一個奇怪的短音：「嗷！嗷！嗷！」

家裡只有我和外婆。我只好高聲回應外婆：「外婆，我在這裡。」

「誰來呀？誰來呀……」外婆依然微弱但不放棄的叫喊著：「地牛翻身了……地牛翻身了……嗷！嗷！」

我當然害怕，但只好鼓起勇氣，摸黑穿

上衣服，雙手摸著牆壁，半走半滾的爬到隔壁的客房。

那一瞬間我突然想到外婆說過，「嗷」是農業時代放牛或駕駛牛車的人，安撫浮躁牛隻時所發出的叫聲。

所以，我發現外婆也很害怕。

外婆害怕的是地震，我害怕的是黑暗。

餘震停止之後，外婆絮絮叨叨的說起自己少年時代發生在臺南山區的那場大地震，村莊裡外、大家消息所及之處，幾乎半數以上的房屋全倒了，連著半個月之久，所有人晚上都露宿廟廷或稻埕，只因害怕地震在睡夢中再次來襲。

「外婆，別擔心，沒事了。」我說。但其實心裡擔心的是，這片黑暗還要持續多久？

就在這時，我的手機響了，是媽媽的來電鈴聲。糟糕的是，我的手機放在走道另一端的客廳。

外婆堅持要我去接。

「可是，我怕黑……」我囁嚅著：「反正……是媽媽……」

「我知道妳怕黑，」外婆握著我的手，「可是，如果妳不去接，不去告訴媽媽妳沒事，媽媽會有多擔心呢？」

手機鈴聲固執的響著。我想著外婆的話，咬著牙、硬著頭皮，奮力提起沉重的雙腳，往門外的走道邁去。

「別擔心，這是妳熟悉的家，」外婆說：「只要想著平時這裡都擺放些什麼東西就可以了。」

這時的我，其實已經呼吸困難，所有

舊的、新的、真的、假的、存在的、想像的……關於黑暗的恐怖經驗，一股腦兒的湧入我的腦袋。

我幾乎要癱軟了，哪裡還談得到思考呢？

不知道花了幾個世紀的時間，又跌又撞，踩過或踢倒無數不知名的物體、渾身疼痛的我，終於抵達了客廳，伸長手碰到了螢幕還閃著亮光的手機。

就在這時，重複響起N次的鈴聲停了。

在回撥時，因為全身發抖，我試了好幾次才成功。

「停電了嗎？怎麼剛剛都不接電話？」媽媽在電話那頭說。

「嗯，停電了，」不管多丟臉，我已淚流滿面，「但外婆很好，我也很好。」

「捷運應該停駛了，我可能要再過兩個小時才能回家。」媽媽說：「那現在把手機交給外婆。」

「什麼？」我由衷的抗拒：「我好不容易才走過來！」

「所以再走回去就好了。」媽媽簡短的說：「再說，現在有人陪著外婆比較好。」

媽媽又補了一句：「外婆，最害怕地震了。」

我還在遲疑著，外婆的聲音已經傳了過來：「加油，妳已經完成最困難的部分了。人的眼睛，都是可以習慣黑暗的。妳再等一等，一定可以看得更清楚。」

在外婆的鼓勵下，我又慢慢的走回了客房。手機的那一頭，媽媽大概等得不耐煩，已經把電話掛斷了。

「叮咚！」手機裡的line響了，是媽媽：

「家裡『應該』還有蠟燭，在廚房流理臺最下面的抽屜。」

我想，不用了。

不是因為我不想再走到廚房，而是因為我發現，我真的看到了。

我在黑暗中，看到了。

那天晚上，在媽媽回到家之前，我是和外婆一起睡的。

「白天有的東西，黑夜一定也有；」我記得外婆用寬厚的手掌輕撫我的額頭，對我說：「明亮的地方沒有的東西，黑暗的地方一定也沒有。」

外婆，謝謝妳，是妳讓我做到我以為我

做不到的事。

　　在那邊的那個世界，一定沒有地震。我希望，最好也沒有黑暗。

　　妳會很安全，很舒服。

　　真的不用擔心，外婆。

　　我會很想妳。

處方：動機40毫克、勇氣20毫克、決心20毫克。

醫囑：本症目前沒有特效藥，因此不求立竿見影的效果，只求一步一步靠近目標。

全球數千名痊癒患者的衷心見證：「自己嚇自己」是最大的陷阱。大多數的恐懼，或因此導致的意外或傷害，事後都證實無法用人類的理性或科學解釋，全都是人類自己幻想或其他人所編造的理由。

我家語錄

一年忿忿復一年，秋月春風無不氣。
夜深想起火大事，七竅生煙睡不著。
諸事惱人怒又起，怒髮衝冠氣呼呼。
同是天涯淪落人，相逢何必曾相識。

——病毒宣言

情緒病毒小檔案

學名：憤怒。

俗名：大便臉、結屎面、豬肝臉。

體積：每邊長度約70奈米。

外觀／顏色：扎實的立方體狀，渾身刺刺的／呈現令人卻步的鮮紅色。

病例圖檔：\(、△ ╭)╯

喜愛環境：單純而衝動的心智，好打抱不平的個性，熱情且相信世界終會大同的腦袋。

潛伏期症狀：憂鬱、突然不愛說話、心事很多。

發作期症狀：暴衝、搞破壞、火山爆發，可參考動作片或災難片中剛落難的英雄。

哥，我今天不想回家了。

等一下，等我聽完這首歌。

你還沒回家？你人在哪裡？

在同學家。他爸媽今天不在，只有他一個人在家，他說我可以睡他家。

看樣子你是不打算跟爸媽說？

我才不要跟他們說！他們只會整天吵架，才不會在乎我咧！

原來是因為這個。

你別太在意他們，他們這樣吵，
也吵了快二十年了。

哥，你不覺得他們最近吵得更嚴重了嗎？以前雖然也會吵，但好像都是比較小的事，像玄關的拖鞋怎麼擺、炒菜鹽巴放多少、輪到誰去溜狗什麼的，而且也沒有吵得那麼久。
可是，最近為了「我們為什麼要去幫堂嬸的小兒子開喜車」的問題，已經吵了三個晚上；晚上吵不夠，早上出門前還繼續吵！媽還威脅爸說，如果他要去開車的話，洗車打蠟的錢他自己出，她還要消失兩天不回家，強調她說到做到！爸回嘴說，大家走著瞧，大不了離婚……

我覺得好煩喔！

我覺得他們是好笑。

他們會不會真的離婚啊？我們怎麼辦？

哈哈！我拿我的身家性命打賭，他們絕對不會離婚，輸了我當你的書僮、長工和奴隸一輩子！我比你多看了幾年他們吵架，已經看出一些門道了。

可是他們昨天說，我跟媽媽，你跟爸爸，房子歸誰還沒談好……

可是上次他們也說，要我們隔月輪流跟他們住；再上次則說，要我們去跟豐原的爺爺奶奶住……

唉！別甩他們，有些大人莫名其妙。

他們為什麼不能和平相處？既然要結婚，既然要生小孩，為什麼還要這麼痛恨對方？

請參看我前一個聊天內容。

我昨天做惡夢了，夢見早上起來時，家裡的東西都被搬空了，每個房間都一團亂，爸媽還留紙條給我，教我自己去育幼院。我邊哭邊整理行李，因為他們不要我了，而且我不知道育幼院在哪裡，醒來的時候我的拳頭握得好緊……
哥，我發誓，我從來沒有這麼想要打人！

……嗯，紙條是他們合寫的對不對？
那，這個夢就表示他們還有救。相信我。

真的嗎？

……哥，我最近還有一個習慣，我自己也不知道為什麼會這樣。
我每天早上出門，都覺得要找一樣東西出出氣，才甘心去上學。我有一次踢凹了公車候車亭的垃圾桶，有一次用力揍了一輛路邊違規停車的轎車，結果警報聲大作，還好我躲得快，假裝若無其事的走掉了……

你這小子，膽子變這麼大了……

哥，我是不是有問題啊？

沒有啦，別想太多……

其實我上禮拜有兩天中午被老師罰站，因為我把同學的鉛筆盒用力的丟到地上，那個鐵做的鉛筆盒都變形了……
但是誰教他上課要一直講話！害我聽不到老師在說什麼！班長說他也不聽，我一氣之下，就衝過去把他的鉛筆盒摔到地上……

你是轉大人了嗎？變得這麼孔武有力。

我還沒講完。上禮拜五升旗集合時，
我在樓梯間還推了兩個同學……

為什麼？人家有得罪你嗎？

我覺得他們走太慢了！我想趕快到操場，等得不耐煩，就催他們走快一點，他們還回頭瞪我！我一時氣不過，就……

那，他們有沒有受傷？

一個沒怎樣，一個跌倒撞到地板流鼻血……

我只能說，還好沒有鬧更大……

我們班導說我最近變得很暴力……

……這點我贊成。

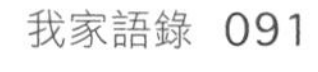

可是，我就是覺得心裡有氣啊！

……換我跟你講我的事好了。我比你早出生，所以多長了幾歲。

你這是廢話吧？

我還沒打完就不小心按到「傳送」了啦！我是說，我看得比你多，腦袋又比你聰明，比你快掌握狀況。
我小時候看到爸媽吵架也覺得害怕，剛開始還偷偷躲在棉被裡哭，害怕第二天醒來，世界就變了。
有一次我聽到爸爸說要打媽媽，媽媽說那就同歸於盡——你看，我當時才三、四歲，竟然那麼聰明，馬上想到幼稚園老師說的，有危險的事要打電話報警還有叫救護車，所以就用剛學會的阿拉伯數字打了110。
這還沒完呢！我想到剛剛上路不久的婦幼保護專線，當然馬上再次利用還不太熟悉的電話打了113，哭著跟電話裡的阿姨說我爸爸快要打死媽媽了……

然後呢？

然後馬上就有警車來我們家啊，連救護車也來了！
哇塞！你不知道，我們家附近都閃爍著紅燈，加上看熱鬧的人，整條巷子都被堵住了。你應該看看警察來敲門時，爸爸媽媽那又紅又白又綠的臉！直到過了好久，那些警車、救護車和看熱鬧的人，才慢慢散去。
後來，爸爸媽媽還一戶一戶去跟鄰居道歉，好像是説小孩子亂打電話……哈！難怪他們不帶我去，因為不敢給我解釋的機會嘛……

他們後來有跟你説什麼嗎？

沒有，一句話都沒講，不知道是不好意思還是怕我。

然後呢？

隔幾天再繼續吵啊！那時的我還沒搞清楚他們在玩什麼把戲，每次他們吵架，我都信以為真，像有一次媽媽說要跟爸爸同歸於盡，爸爸也說他絕對不會放過她的！我真的不應該看那麼多社會新聞的，想到家裡會出現兩隻厲鬼，我馬上哭著打電話給爺爺奶奶和外公外婆，求求他們趕快過來救我……

唉！我真的不應該那麼聰明的，竟然連長途電話的區域號碼都背得一清二楚，爺爺奶奶住臺中、外公外婆住宜蘭耶！結果他們都立刻趕過來了。

他們一到，先把自己的小孩叫過去臭罵一頓，我們的爸媽不但被罰站，還像小孩子被訓話。然後爺爺奶奶和外公外婆不斷互相鞠躬道歉，說沒把自己的小孩教好，我看得都傻眼了……後來，我還賺到一個禮拜的長假，臺中、宜蘭任我去住哩！

唔……

後來，我就學會了，任他們再怎麼吵，我都不放在心上，「冷眼旁觀」就是這樣吧！
他們也吵了快二十年了，已經把吵架當作運動了，每週三次，每次三十分鐘以上，每分鐘心跳達到一百三十下以上，有響應「運動三三三」原則喔！

哥，你很搞笑耶！

唉，有些大人很幼稚，甚至比小孩子還幼稚，也不想想自己已經是大人了，頂著那張老臉⋯⋯大人啊，也不一定能信任！我看你今天還是回家吧！睡在人家家裡，萬一打呼或挖鼻孔的蠢相傳出去，一輩子名聲就都毀了⋯⋯

哥，其實⋯⋯還有一件事⋯⋯

其實……我是怕學務主任打電話到家裡……

啊？你還做了什麼？

我今天下午上體育課的時候，和同學打架了……
我同學跟我借了兩顆桌球，都沒有還我，我跟他催討，他卻說借了就是要給他的意思，怎麼能跟他討回來，我一時氣不過，就給了他一拳，他也回了我一拳，然後我們就在地上扭打起來，連學務主任來了都不知道……
學務主任把我們叫到學務處罵了一頓，還說要打電話叫家長來！我雖然馬上跟同學道歉了，還一直哀求學務主任不要聯絡家長，可是主任說他沒辦法答應我不打電話……

你把我嚇到了……

怎麼辦……

不過也沒什麼大不了啦！你是初犯，我想學務主任只是要嚇嚇你，不會真的打電話給爸媽，安啦！

是真的嗎？

真的啦！不騙你！要馬上回家喔，知道嗎？

好。

對了，哥，我同學說，要馬上把我們的對話刪除，不然我們兩個人的手機要是被爸媽看到，那就慘了。

不用啦！沒那麼可怕，別擔心。快回家。

嗯，我現在就去搭公車。

（兩小時後，水聲，在臥室）

「爸！爸！」

「什麼事啊？我在洗澡，等一下再講。」

「我要睡了，我的手機放在客廳的茶几上充電，記得別偷看裡面的東西喔！」

（同一時間，在客廳，韓劇對話聲）

「媽，我的手機放在這邊充電喔！」

「幹麼不在你房間裡充電？」

「我房間沒有位置了。妳不要偷看裡面的東西，那樣很沒品。弟已經睡了，所以如果有人看我的手機，那一定是妳。不要輕舉妄動喔！」

（十五分鐘後，電視關機聲，窸窣聲，刻意壓低的人聲）

「讓我看……」

「不，是我先來的，應該我先看……」

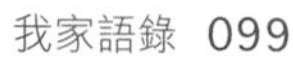

處方：三錠，各20毫克，請遵循服用順序：藍錠（理智分析問題）、黃錠（做其他事情轉移注意力）、紅錠（劇烈運動發洩情緒）。

醫囑：認清世上有些問題是自己可以改變的，有些事情只能雙手一攤，無能為力。努力修身養性，對於控制自己的脾氣也有幫助。

警語：患者未必有病識感，且可能拒絕服藥，請留意未用藥者急性發作期，危險物品請置於患者伸手不可及之處，並淨空方圓三公尺內的所有人馬。

暑假的一日實況

急急復急急，木蘭當布織。
不聞機杼聲，唯聞汝嘆息。
問汝何所思，問汝何所憶。
汝亦無所思，汝亦無所憶。

——病毒宣言

情緒病毒小檔案

學名：煩躁。

俗名：「自以為龍困淺灘」病。

體積：直徑約20奈米，最大長度73奈米。

外觀／顏色：長條狀／各種顏色皆有。

病例圖檔：@_@a

喜愛環境：好發於頭皮、臀部與腳掌皮膚，病毒繁殖時宿主會劇烈發癢，不斷抓頭，坐立難安。

潛伏期症狀：不斷找藉口或遷怒別人不配合。

發作期症狀：抓頭、轉筆、摳手、咬指甲、抖腳。

其他可能伴隨症狀：頭皮屑、青春痘、頻尿。

好煩。坐也不是，站也不是。

我起床一定超過二十……不，是三十分鐘了。

那個抱枕真歪。是誰擺的？看了超不順眼。

十二點半，我胡亂往嘴裡塞著老媽留在電鍋內的饅頭。

這些人是怎麼回事？睡得比我還晚，到現在還不起床。

手機沒有響。小呆沒有打電話來，也沒有line過來。

說好要一起去看電影的不是嗎？《金牌特務》啊。

線上遊戲的對話框沒有出現新的訊息，阿大大概還沒起床。

厚！怎麼可以這樣？太不夠朋友了，你

們這些人。

我大概看了超過十次時鐘——十二點三十五分。超想罵髒話。

冰箱上的廢物蛋糕磁鐵擺錯了，明明就不是這樣擺的……愈看愈難過，乾脆重擺，可是怎麼看還是不太對。

腦海裡又響起老爸的聲音說，今天晚上要把暑假每天的作息規畫表給他看，不然就要送我去魔鬼夏令營，十天十夜沒有手機、電腦和網路。

喔不！不要，千萬不要。

唉！怎麼好不容易放假了，還要搞這些呢？

不甘願的終於拿出紙筆，每天九點……不，十點起床好了，十點半吃早餐……不，不可能，這樣老爸不可能滿意的。

我還是先去領老媽的掛號信好了，就說郵局大排長龍，等了半天，所以沒有寫暑假計畫，省得他們又碎碎念。

老媽的身分證？在。

印章？等一下，印章呢……喔，對了，在這裡。

壓在下面的那張是？沒關係吧……咦？領取掛號通知書？

對喔！老媽好像說過，一定要帶這張才能領掛號。

才剛打開木門——

「鈴！鈴！」電話響了，該不會是小呆吧？

「喂，老闆，十五個雞排便當，飯要多一點，送到阿發店裡！快一點，知道沒！」一道氣急敗壞的聲音說。

「我沒有十五個老闆……」我一急，舌頭竟打結了：「不，我是說，我不是——你打錯電話了！」

「打錯電話你為什麼不早說！」他好像很生氣，「啪！」的一聲掛斷電話。

這是什麼跟什麼啊？該生氣的人好像是我吧？

「喂，老闆……」又一道聲音傳來。

什麼啊？又來了嗎？我不是說這裡沒賣便當嗎？

「老闆，老闆……」媽呀，我頭都痛了。

再一聽，原來是門口傳來的聲音，我走到門邊一看，樓梯間有一位老先生，看起來有點面熟，他也對我親切的點頭微笑。

「老闆，老闆……」聲音是從對面住戶

的鐵門裡傳出來的，是一個皮膚有點黑的女生，腔調怪怪的。

「弟弟，小弟……」還好她馬上改口：「幫幫我，我要出去……我要帶爺爺出去，但爺爺忘記我了，一出門就把鐵門關上，我是新來的，一直轉，打不開！」

搞了半天，原來是對面鄰居家新來的外傭。

她說她叫阿妮，剛才要帶爺爺出去散步時，走在前面的爺爺一出門就把鐵門關上，後頭的她搞不清楚鐵門上三道鎖的用法，愈轉愈亂，愈轉愈打不開。剛好看到我們家的木門開了，情急之下就大聲呼救……

她大概沒想到，看家的只是一個小孩吧！

我忍住想跟她溝通「老闆」不是一個

好稱呼的想法，先拉住一直想走下樓梯的爺爺。

「要不要我打電話給妳們家的人？」我說。

「老闆？不要……」她拚命搖頭：「老闆娘會生氣。」

「不然我打電話叫鎖匠？」要教她打開鐵門應該不是一件困難的事，只是我現在急著要出門，況且小呆和阿大隨時會找我。

「那個要錢對不對？」她搖搖手：「我沒有錢……」

對喔，我也沒有錢。

「好吧！那妳先把鎖向左轉，像我這樣……」我努力的在鐵門外示範給她看，阿妮也在鐵門裡賣力的轉。

「咦？不對，」我突然想起來，「妳的

方向和我相反，應該是這樣才對⋯⋯」

阿妮依舊努力的照我說的做，但是門鎖還是沒有反應。

我真的應該出門了⋯⋯

「喀！」的一聲，第一道鎖好像打開了，但是鐵門依然文風不動。

「接下來，第二道鎖⋯⋯」我比出往下的動作，沒想到臺灣的門鎖這麼難開。

「爺爺！爺爺！」阿妮突然大叫，我轉頭一看，爺爺竟沿著樓梯往上走。我只好先把爺爺請進我家，爺爺堅持要脫下外套掛好，我也隨他高興。

奇怪的是，他在房間和客廳走來走去，嘴裡念念有詞，好像是說房子沒掃乾淨、誰又把東西亂擺之類的⋯⋯但他從沒來過我家啊！

我乘機瞄了一眼電腦—啊！阿大起床了，開始出現對話訊息……一行，兩行，三行……

可是，我現在正在緊要關頭啊！

拜託，阿大，等我一下，不要生氣，千萬不要生氣。

提袋裡的手機，好像也傳來叮咚聲。

一定是小呆，他也起床了。

這兩個人一定要一塊起床嗎？真是的，我在忙呀！

但我現在沒空打電腦，也只能在心裡拜託小呆，千萬要等我！

「現在，第二道鎖，向……向這邊轉……對，再轉……」我邊講解邊發現，我臉上的汗滴到手上了。

「砰！」家裡突然傳來重物倒地的聲

音，阿妮摀住嘴，臉都白了，叫了一聲「爺爺」！

我趕緊跑回家，幸好爺爺只是撞倒我房間的椅子。

「是誰把我的椅子擺在這裡？我說了好幾次，東西用完要放回原位！」爺爺威嚴的望著我，但我這個小的實在沒空理他。

「沒事，爺爺很好，只是椅子倒了。」我跑回去跟阿妮說，心裡忍不住想這到底是什麼鬧劇，我自己的事都還沒處理好！老爸絕對會把我送到與世隔絕的夏令營！

我看還是直接找鎖匠來好了，錢先欠著，晚上求爸媽付，就說是我被鎖在外面……

不知道幾點了？媽媽的掛號信還沒領……

「第二道，轉，再轉，一直到轉不動……」阿妮到底聽得懂還是聽不懂？我已經快要失去耐心了。

這時，電話又來了。

「便當送錯了！搞什麼？」一道尖銳的聲音說：「排骨便當為什麼都是爌肉？雞排為什麼變成雞腿？你們開什麼便當店啊！」

「我這裡不是便當店，你打錯了……」我才覺得委屈咧。

「打錯了？」那個人還是怒火難消，「那便當店是幾號？」

「我哪知道！」這次我也生氣了，「你問我我問誰啊！」

爺爺好像走到爸媽的臥室去了，我想我大概會被爸媽聯手打趴吧！

現在到底幾點了？掛斷電話還沒走到門

口，手機的叮咚聲又響了起來。

「你到底在做什麼？電影票快要買不到了！」手機螢幕出現紫色的怒氣頭像：「你到底要不要去！」

嗚，小呆，我……我現在沒辦法去啊！你不了解情況，我可以耐心講給你聽，你不要就這樣離去……

阿妮小呆爺爺老媽夏令營阿大老爸便當電影暑假計畫掛號信！

小呆掛號信阿妮爺爺阿大便當夏令營電影老媽暑假計畫老爸！

就在我快抓狂時，手機又叮咚響了！

……手機？

我突然想到，為什麼不用手機拍照片給阿妮看呢？

我拿出手機對著我們家的門鎖，拍了一

張大大的照片，順便用畫圖工具，畫上箭頭方向。

「喏，妳看。」我得意的透過鐵門縫隙，秀給阿妮看。

溝通果然不一定需要語言，這次「喀啦喀啦」幾聲，門就順利打開了！

「爺爺！爺爺！」阿妮立刻衝進我家，後面跟著苦苦追趕的我。

「爺爺你為什麼沒回答我？」阿妮尾音顫抖，結果爺爺在我的床上安穩的睡著了，帽子、枴杖、皮鞋都收拾得整整齊齊，放在旁邊。

「呼……」阿妮鬆了一口氣，整個人幾乎癱軟在地。

我正在想應該要先回覆小呆還是阿大，電話又進來了。

「這裡不是便當店！你打錯電話了！」我想都沒想就大吼，話筒裡一陣沉默。

過了好幾秒，我媽的聲音傳來：「你是睡瘋了嗎？少在那邊裝瘋賣傻呼攏我！我的掛號信咧？」

「啊！」慘了，這下真的慘了。「可是，可是……」

阿妮不能離開爺爺，而我，好像也不能把他們兩個丟在家裡，自己出門。

「我快要回家了，」老媽語帶怒氣，「等我到家，看我不剝了你的皮！」

「回來？」我茫然的想著，下一刻，突然回過神來，「不！不要回來……」

「為什麼？」老媽更生氣了，「你還敢找同學去家裡？」

「不！不是同學啦……」我望了一眼坐

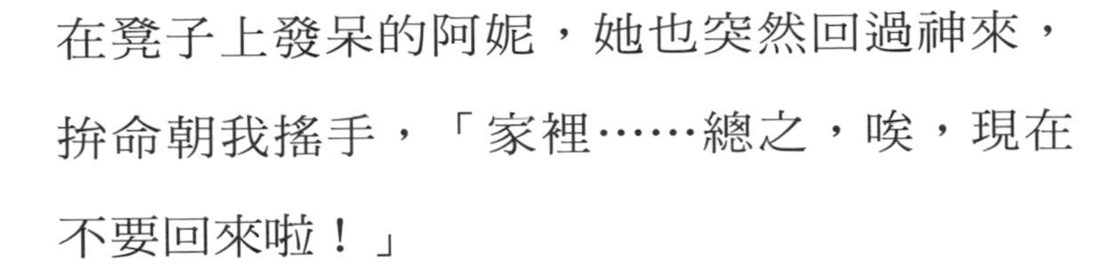

在凳子上發呆的阿妮，她也突然回過神來，拚命朝我搖手，「家裡……總之，唉，現在不要回來啦！」

「我現在馬上回去！」老媽已經失控，「我看你搞什麼鬼！」

這是暑假的第一天。

我沒有看電影，沒有玩線上遊戲，沒有領掛號信，也沒有訂下暑假計畫。

我接了一堆電話，我得罪了兩個好朋友，我對不起爸爸媽媽，但我真的沒有賣便當。

這一天最好的事，就是我花了三個小時幫助對門的鄰居，解救了他們家的阿妮和爺爺。

爺爺一直睡到晚上八點才醒來，對面的林太太和林先生到我們家接爺爺時，一直對我們鞠躬又哈腰，說他們家的爺爺最喜歡欺負新來的幫傭了，阿妮已經是第三個。

他們還說，幸好聰明又熱心的我在家，救出了被反鎖的阿妮，保護了爺爺，還說禮拜天一定要請我們吃頓飯，講得我爸和我媽也很不好意思。

總之，他們有少罵我一點啦！

我承認我這一整天是混過來的，一事無成。

不過，似乎也沒有太糟啦！

明天——明天起，我一定會振作的。

處方：專心20毫克、定力20毫克、控制力20毫克，一天三次，飯後服用，症狀改善時即可停止服用。

醫囑：想清楚讓自己感到煩躁的真正原因是什麼？是外在的事情？還是自己的心情？是不會？還是不想？安排好事情的先後順序，決定哪一件事應該優先處理。

注意：定下計畫通常是有幫助的，但也不是每一次都能順利進行。小心不要被意外打敗。

快聽我說，媽祖婆

靜極了，這朝來水溶溶的大道，只有你心裡愈來愈急、愈來愈響的鼓聲，迴盪在這周遭的沉默裡。「戰！」我是勝利的晴空，我會在你的耳邊私語。「撤！」你那脆弱的靈魂也無力的迴響。

——病毒宣言

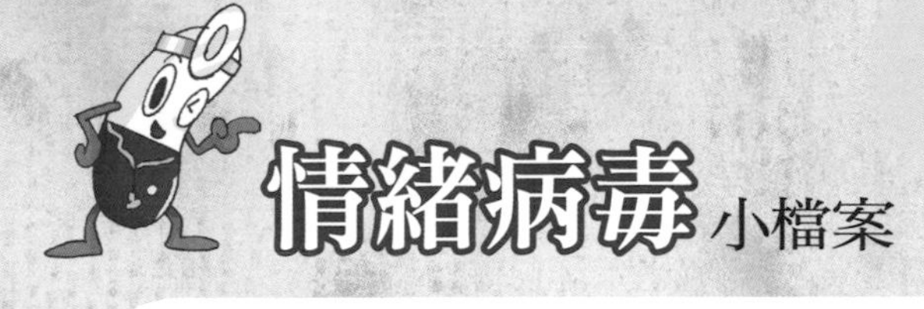

情緒病毒小檔案

學名：焦慮。

俗名：「我一定要去嗎？」發問症候群。

體積：每邊最大長度880奈米。

外觀／顏色：正立方體／黑色、鐵灰色或深藍色。

病例圖檔：>” < IIII

喜愛環境：正在適應新地方、新工作、新朋友或新○○的個體。

潛伏期症狀：緊張、不安、不斷想像可能發生的狀況。

發作期症狀：失眠、做惡夢、發怒、暴躁、遷怒。

其他可能伴隨症狀：長青春痘、胃口不振或胃口大開、搞失蹤。

親愛的三媽祖您好，我是住在後面石頭仔路18-3號的李俊彥，您應該知道我是誰了吧？每個月初一和十五，我都有跟我阿媽帶東西來拜拜。

您一定要聽我說，我有重要的事情要拜託您，而且現在狀況很緊急。

再過兩個禮拜，我就要搬去高雄跟我媽媽住了。我要轉學到中正國小，班級是5年14班，那是一間很大很大的學校，媽媽說我的班上有三十二個同學，我是第三十三個。

我出生沒多久就被媽媽送回來竹港，在這邊長大和念書，我雖然只有三個好朋友，但是我們真的很要好。

我從來沒有想過有一天我會離開竹港，更沒有想過我要到一個那麼大的班級——我們班從一到四年級，班上最多只有十八個人

而已，而且我們學校一個年級只有甲、乙兩班。

那個中正國小，如果一個年級就有十幾個班，不知道他們運動會怎麼跑大隊接力？難道他們的操場有十幾個跑道嗎？那抽到外側跑道的人不是很倒楣嗎？

唉！先不管這件事了，現在我要進入正題了。阿公說我不管有什麼事，都可以找三媽您的。（編注：在臺灣，一間媽祖廟裡通常不只有一尊媽祖像，第一尊被稱為大媽，第二尊稱為二媽，依此類推。）

我有五件事情要拜託三媽，您一定要聽清楚，不要漏掉。

一是讓我的英文趕快變好。媽媽說她要把我帶到高雄住，就是因為我的英文程度實在太差了。她抱怨她用英文問我，我都聽不

懂；隨便（「隨便」是她說的）考我八個單字，我竟然只拼兩題，她說這樣是沒有「競爭力」的！她說市區的小孩子，英語都講得呱呱叫，在街頭還會「烙」英文為外國人指路。

用英文指路我是不會啦，可是我的英文真的有那麼差嗎？我在班上還算不錯啊！為什麼不會拼單字，媽媽就那麼生氣？「競爭力」又跟英文有什麼關係？我真的不懂。

總之，我要拜託三媽保佑我，讓我的英文可以很快就講得很「輪轉」（閩南語，流利之意）。

第二件事，是拜託三媽趕快幫我弄到一臺電腦，因為我想，市區的同學一定都很會打電腦。

我的朋友阿強說，每個高雄小學生都有

自己的電腦，而且都很厲害，一分鐘可以打超過兩百個字，每天還可以帶電腦去上學。

我們竹港國小電腦教室的電腦，只剩下十臺可以用了，每次上資訊課，我們還要兩個人共用一臺電腦，所以我連鍵盤上的注音位置都還沒背起來。這樣我一定會輸給新學校的同學，我怕他們會笑我是電腦白痴。

不過……真的要帶電腦去學校嗎？那書包豈不是會變得很重？老師每天早上都會檢查嗎？

第三件事，是拜託三媽想辦法讓我媽媽答應我，給我帶腳踏車去高雄。

媽媽說在市區騎腳踏車太危險，而且新學校沒有人騎腳踏車上學——怎麼會這樣呢？無論在什麼地方都可以騎腳踏車啊，還可以爬幾階樓梯，也可以過斑馬線，更不要

說是閃公車、閃汽車了，一點困難都沒有，而且這個我最會了！

我和我們班的大智，都會騎到隔壁村的省道上，和「拖拉庫」（閩南語，大卡車之意）、聯結車「軋車」，很多司機還會叭叭叭的按喇叭，故意開得很旁邊，想逼我們掉到魚塭裡。哈哈哈！我看他們還是卡早睏咧，門都沒有！

總之，這臺變速腳踏車是我的寶貝，如果不能帶去新家，我會很捨不得、很捨不得的！我希望它可以留在我的身邊，這一點也請三媽一定要幫幫忙。

第四件事，是請三媽保佑我，讓班上的新同學都願意和我交朋友。我已經連續做三天惡夢了，夢到班上的新同學全都不理我。

在第一天的夢裡，全班都講著我聽不懂

的話，營養午餐也是很奇怪、很噁心的菜，有的還是螢光粉紅色的，我從來沒看過，但是老師逼我全部都要吃下去。

第二天的夢裡，全班上體育課時都不見了，沒有人告訴我要去哪裡上課，我跑遍操場和全校教室，卻找不到任何人可以問。老實說，我急得都快哭出來了。

在第三天的夢裡，我發現我的課桌椅不見了，班上的同學都用奇怪的眼神看著我說，我又不是他們班的，不可以坐在他們的教室。我不知道該怎麼辦才好，只好乖乖走出教室，結果一看，我真的不小心走到5年13班了。

拜託今天不要再有第四個夢了，我每次都被嚇出一身冷汗！

三媽，如果在新學校，我真的連一個朋

友都交不到怎麼辦？聽說有的壞學生會把別人關在廁所裡，有的壞學生還會勒索新學生——這些都是我們班上的女生說的。

如果我真的碰到了勒索，您知不知道我要帶多少錢才夠？

總之，您一定要幫我想想辦法，不要讓我被大家排斥——大家都說您最、最、最靈了，拜託拜託啊！

最後一件事情是，我知道媽媽要上班很忙，但是我希望每個學期……不，是每個月，媽媽都可以帶我回竹港一趟，讓我和阿強、大智、小國見上一面。

當然還有阿公阿媽。阿媽說要炒我最喜歡的小魚乾，讓我帶去高雄吃。如果我「省吃儉用」，應該可以撐到下個月再回竹港拿新的小魚乾，這樣就不會沒有小魚乾可吃了。

我們班導黃老師說要送我一個小禮物，還說她也是在高雄念大學的，我可以去那邊讀書是很好的事，等我長大就會明白了。可是阿公說，我已經長大了，可以去媽媽那裡一起住——所以我到底長大了沒？

我怕我會很想回來。

對了，三媽，您知不知道，新學校是星期幾要穿運動服？是不是星期一？這個對我來說很重要，因為要提醒媽媽禮拜天早上要洗運動服——我看她一定和阿媽一樣，常常會弄錯，洗成制服了。

三媽，在新學校裡，如果有人在大家面前酸我怎麼辦？如果有人嘲笑我怎麼辦？如果有人用英文的髒話罵我怎麼辦？是不是一定要用英文罵回去？可是我可能會講不出來，怎麼辦？

媽媽上上禮拜帶我去高雄，我們去坐摩天輪，還去新學校看過。新學校很大，操場的草長得很長，可是沒看到什麼人。媽媽說，那是因為在放暑假。

可是，我還是不知道我的新班級在哪裡。

三媽您知不知道，我的新班級總共有幾個男生？我以後真的要坐公車上學嗎？學校真的那麼遠嗎？

我去高雄時，路上的公車號碼和顏色都讓我眼花撩亂，我根本還沒看清楚，司機就「咻！」的一聲開過去了。我會不會坐錯公車？上學迷路是不是很丟臉？……

總之，這些煩惱都交給三媽您處理了，我相信您一定會安排得妥妥當當的。這是我第一次來求您，您可不要辜負我的期望。

我是石頭仔路18-3號的李俊彥，您聽清楚了齁？

再說一次，我是18-3號的李俊彥，媽祖婆您不要弄錯了喔，一定要好好保佑我。

處方：1.維他命P（普列普瑞遜，Vitamin Preparation），一天最多三錠。多一分準備就少一分緊張，多蒐集資料、了解狀況、找熟悉狀況的人談一談，可能的話，最好實地演練一番。
2.維他命L（烈伊比，Vitamin Let It Be），一天一錠。無法準備的就聽天由命，讓它去吧！

醫囑：準備是應該的，但是準備太多也是沒有用的。

注意：先想清楚讓你焦慮的真正問題是什麼，再針對它來想辦法。

我卻沒有告訴妳

壯志飢餐俘虜你，笑談渴飲腦充血。

抬望眼、憑闌處，我看你在瀟瀟雨歇時，怒髮衝冠。我聽你在壯懷激烈時，仰天長嘯。你的三十功名，塵與土，你的八千里路，雲和月。你已少年白頭。快哉！

——病毒宣言

情緒病毒小檔案

學名：傷痛。

俗名：你帶走了我的心（或至少一部分）創傷症候群。

外觀／顏色：細長樹枝狀／水藍色或偏紫色。

體積：直徑9奈米，長度通常介於99～999奈米，但最長可達1999奈米。

病例圖檔：%>_<% 或 ::>_<::

喜愛環境：天災人禍造成的生離死別，發生愈突然、規模愈大，病毒擴散速度愈快。

潛伏期症狀：感染者呈兩極化表現，有些沉默、發呆、昏睡、逃避、腦袋空白；另一些則哭嚎、揪心、頓足、捶胸、憂鬱、嚴重的自傷。

發作期症狀：不理性的自責、深切的思念、失控的不捨、不管到哪裡都想跟隨對方的衝動。

其他可能伴隨症狀：失眠、作息混亂、無法思考、暴飲暴食、拚命把自己藏起來。

妹妹，妳走了。

妳再也不會活過來了。

我不得不痛苦的接受，國小二年級的妳，早上起床時老和我搶廁所的妳，總是偷偷跟在我身後直到不得不分開走到妳學校的妳，會在那一天，在妳最喜歡的課後樂團練習時，在學校廁所被一個全然陌生的大人殘忍殺害，一個人躺在冰冷的廁所磁磚地板上，充滿恐懼、沒有任何援手，無聲的死去。

而那個人之所以殺了妳這個與他毫無仇恨的小學生，只因為他找不到工作，只因為他對社會失望。

花了三個多月，我才終於能夠接受，原來再多憤怒、再多哭喊、再多眼淚、再多難過、再多自責，都救不回妳。

妳知道嗎？我現在還在社區的小公園裡。

這幾個月以來，我放學了、補完習，都沒有馬上回家。

到七點。到八點。到九點。

在公園。在便利商店。在麥當勞。

我盡可能的找藉口在外面待久一點，直到不能再拖了才回家。

我就是不想面對我們家沉重的氣氛，也不想面對三不五時前來慰問的親戚或鄰居。他們明明都知道，不管說什麼，一點用也沒有。

更重要的原因是，我想躲起來，我不想面對沒有妳的難過和空虛。

「那件事」後過了一百多天，今天早上，我才第一次走進妳的房間。

我拿回了我的粉紅色珍珠筆。

只花不到兩分鐘就找到了。

我早就猜到是妳拿的，誰都看得出來妳喜歡那枝筆。

但我還是覺得奇怪，這一年來，我嚴格禁止妳進我房間，因為我覺得我們是不一樣的——我是青少年，而妳是兒童。

所以，妳到底是怎麼拿走筆的？

我沒想到妳竟然敢用偷的。

所以妳的美勞風箏被剪掉了一條尾巴——是的，是我做的，誰教妳敢偷拿我的筆。

看到妳發現之後坐在地上大哭，坦白說我有些後悔，想向妳承認是我剪的。

但是我沒有，我沒有說出來，事情其實是從我懷疑妳偷我的珍珠筆開始的。

我沒有告訴妳，沒有像以往一樣盡情的、狠狠的、大聲的罵妳：誰教妳先拿走我的東西！活該。

今年我上國中了，我們的上學路線不再一樣。

我總是說好不容易啊，很高興呢，可以不用再照媽媽要求的，陪妳去上學。

我沒有告訴妳，其實有一半的喜悅語氣，是假裝的。我沒有那麼高興。

我也沒有告訴妳，我很怕走那條路。

菜市場的旁邊，那排用藍色塑膠布遮蓋的棚子，有好多被關在籠子裡等著要殺的雞。牠們拚命把頭探到鐵籠外，急切狂亂的咯咯叫，好像在叫著「救我救我」！

我每次經過那裡，都覺得好害怕。

妳知道嗎？妳沒有愛哭又愛跟，妳不是我的拖油瓶，不是黏在我身上的橡皮糖。我只是不敢走那條路。

這學期開學沒多久吧，妳因為尿床被媽媽罵了一頓。

其實這件事我也有一半的責任，因為妳睡覺前聽的那個鬼故事，是我告訴妳的。

我還嘲笑妳，笑妳都小學二年級了還尿床。

我沒有告訴妳，其實我比妳還糟糕。

我記得很清楚，我最後一次尿床是四年級時，媽媽還拿拖鞋打了我一頓哩。

姊姊講的鬼故事很刺激吧？聽完鬼故事再蒙上棉被，縮成一團睡覺，過癮！

我只是沒有告訴妳，聽完鬼故事，一定

要先去上廁所再上床喔。

我今天還看到了妳藏在抽屜角落，那封小男生的告白信。

幾個月前妳就告訴我這件事了，妳還問我要怎麼辦。

其實我也不知道該怎麼辦，我又沒有經驗。

我看我們班的女生，有的會答應跟對方一起去看電影或逛街，有的會裝作沒這件事，有的會跟男生說，還是當朋友就好了。

但是姊姊卻沒有問妳，那妳喜歡那個男生嗎？

從他用的美樂蒂信紙，看得出來他是一個細心的人噢。

在臺北的美樂蒂特展，已經接近尾聲了，妳用三張一百分的考卷，跟爸媽換來的

那張學生優待票票根，還在我的錢包裡。如果不是爸爸媽媽說他們要上班，硬逼著我帶妳去，我大概一輩子也不會踏進那隻「不貓不兔」生物的鬼展覽。

妳什麼時候才會長大呢？

現在流行的是日本動漫喔。姊姊想要告訴妳，好多好多關於日本動漫的事情。

妳不可以說妳不想聽喔。

昨天晚上，餐桌上出現一道很久很久沒看到的菜——茄子。

全世界妳最不喜歡吃的東西。

從妳懂事開始，為了逼妳吃一口茄子，爸爸媽媽就威脅利誘、軟硬兼施，不知道想盡多少辦法，家中幾乎上演世界大戰，但妳

還是堅守防線，一口都不吃，最後「侵略者」還是宣告投降。

我是不懂妳的堅持啦，我覺得茄子很好吃啊，很香喔！

可怕的是火龍果——姊姊沒告訴過妳這件事吧？

妳沒發現每次住花蓮的外公寄來火龍果時，我一顆都沒吃嗎？

今年暑假，我們沒有回花蓮——記得每一次坐火車回花蓮，我都要跟妳搶靠窗的座位，有一次還動手把妳推開。

妳總是含著眼淚、滿肚子委屈的向爸媽告狀，說姊姊不讓妳看風景。

我卻沒有告訴妳，那是因為我擔心我會暈車。

我比妳多坐了幾年回外公外婆家的火

車，所以我知道看著外面，我比較不會暈車。

我不想當著全車乘客的面大吐特吐，這是一個國中生的基本尊嚴，懂嗎？

但是我卻沒有告訴妳這件事，連爸媽都不知道。

妳一定覺得很委屈吧？為什麼這個姊姊老是這麼霸道。

但是上個寒假，妳從花蓮帶回來的那兩顆草莓麻糬真的不是我吃的——雖然我偷吃過別的東西，我承認，但是這一次我沒有。

我沒看到是誰吃的。那天晚上媽媽到廚房很多次，但是爸爸也進去過，而且他們都開過冰箱。

我覺得一定是老爸啦，百分之九十九點九是他。因為我聽到他打開冰箱後，廚房裡

傳出塑膠袋的聲音……

總之他很可疑，他很少在廚房待這麼久。

但是我卻沒有告訴妳。

妳還記得妳小時候最喜歡拿著家裡卡拉OK的麥克風，爬到客廳的茶几上唱歌，還點名要每個人用力幫妳拍手，才肯爬下來，讓我們好好看電視嗎？

我都沒有告訴妳，妳唱得很好聽，從小就是，我好羨慕妳。

當妳滿臉驚恐，躺在冰冷的廁所磁磚地板上，孤單的在陌生人面前無法發出聲音的死去時，我卻沒有大聲告訴妳，我愛妳。

我卻沒有告訴妳，我有多麼愛妳。

原來眼淚流出來是舒服的。

粉紅色珍珠筆我要拿回來用了噢。

妳不用怕了，再也不用怕了。

也不會再痛了。

雖然我以前看起來很討厭妳，但我沒有告訴妳，我其實沒有。

我不會忘記妳，妳永遠在我心裡。

姊很愛妳。

姊要回家了。

而且姊會永遠永遠愛妳。

姊會堅強起來的。

處方： 盡情回憶5毫克、抒發想念5毫克、說出、畫出、寫出自己的感覺5毫克、從事其他活動轉移注意力5毫克。劑量純供參考，可視病情自行加藥。

醫囑： 想念或難過是正常的，情不自禁的流露出來更是正常的。之後，可望終身免疫。

注意： 藥效因人而異，發揮效用的時間也有所不同，部分患者可能需要半年以上才能開始慢慢痊癒，切勿因此擅自停藥。

我所認識的劉明鴻

月黑愈心慌，好友夜遁逃；

欲將輕騎逐，心事壓垮刀。

——病毒宣言

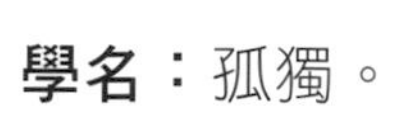

情緒病毒小檔案

學名：孤獨。

俗名：荒野一匹狼；孤僻；怪咖；異類。

外觀／顏色：傘狀／半透明或混濁的淺灰色。

長度：從傘頂到傘柄，最短也有800奈米以上。

病例圖檔：﹌_﹌

喜愛環境：1.搬遷頻繁、窮於適應、不善言詞或拙於交際的宿主；2.變動快速、居不安業不樂的社會環境；3.冷漠疏離、缺乏相互支持的人際網絡。

潛伏期症狀：害羞、敏感、緊張、不斷觀察環境。

發作期症狀：反覆試探周遭的人，過度釋放善意或利益，企圖交換友誼。

其他可能伴隨症狀：1.過度反應別人的沒反應或冷淡；2.反覆以高調動作證明自己的存在，例如半夜狂call別人；3.高頻率檢查手機或臉書，密集發送交友邀請，害怕錯過留言或動態，常常懷疑手機壞掉所以沒聽到社群網路的「叮咚」聲；4.嚴重者會影響生活作息或睡眠。

向善國中事實報告書

8年3班27號　何〇〇

劉明鴻住院的事，我真的不知道，也不是我害的。

我後來就先走了——因為林〇國中的人愈來愈多，我看苗頭不對，就趕快跑了。

劉明鴻也不是我帶去的。我從來沒有要他跟我去，是他知道之後，一定要跟著我。

他會知道這件事，也是因為他一直問我，我從頭到尾只有跟他說下午會有事而已，他就問個不停。

我可能有說要帶「傢伙」，但我不太確定有沒有講。

總之，是他自己要跟來的，不信的

話，主任和組長你們可以自己問他。

事情的經過如下：前天下午四點，我和另外五個同學在學校側門集合，要一起去林〇國中解決事情，因為林中的人上禮拜在紅茶店嗆那五個人的其中一個。

有人去活動中心地下室拿了一些掃把或拖把柄，我們六個人碰頭之後就出發。我沒有注意劉明鴻有沒有跟著我們——或許有，但我真的沒有注意看。

到了林中後門的那個小公園，對方剛開始只有四、五個人，大家也都用講的，沒有人動手。可是對方的人愈來愈多，將近快十個時我就覺得不對了。

但我才剛打算要溜走，就聽到劉鴻明大喊：「打呀！」還拿著木棍衝出來！

我發誓在這之前，我真的沒有看到

他！

對方的人實在太多了，我看到我們學校有兩、三個人跑掉，我也只能趕緊逃命，之後我就直接回家了。

全部的經過就是這樣，後來發生什麼事我就不知道了。

＊　＊　＊

平常我和劉明鴻的交情，就只是比普通朋友好一點而已啊！

他請我吃過兩、三次東西，還借我手機的無線網路，就這樣而已。我都有跟他說謝謝。

我只覺得他很搞笑——他很會學豬哥亮講話、扮醜、娛樂大家，別人嘲笑他，他還覺得很得意，可惜連康樂股長都選不上……

我是會選他啦，別人我就不知道了，我又管不了別人的那一票要投給誰。

還有，不管大家要他做什麼事，他都不會拒絕。你們可以去問高〇〇啊，他們是國小同學。

他說國小時，劉明鴻還會幫同學寫作業，但是後來被老師發現了，找他寫功課的人都被罰寫五十遍，之後就沒人敢要他代寫作業了。

高〇〇還說劉明鴻也會幫朋友頂罪，去向老師認錯、替朋友挨罵。聽說他還會拿錢給朋友花咧……

為什麼？他大概是太有錢又太無聊吧！

高〇〇說他國小在班上都沒有朋友，被全班排擠，有些同學還會欺負他。因為

他是從大陸回來的，一開始講話還捲舌，所以大家都笑他，把他當成異類……

沒有，我不覺得我有霸凌他。他為我做的事，都是他心甘情願的，我沒有強迫他。

不信的話，主任和組長你們可以自己問他，他如果不願意，我有什麼辦法可以勉強他呢？

＊　＊　＊

以上是我的事實報告，我發誓我沒有說謊。

還有，我真的很後悔讓他知道我們要去林中的事，早知道我就一個字都不會講。他根本不是打架的料。

向善國中事實報告書

8年3班36號　高○○

對，我的確是從國小五年級開始，就跟劉明鴻同班到現在。

我想我們交情是還不錯啦，但我從來沒有要他每天請我吃東西——我不知道是誰造這種謠言，說他長期「供養」我什麼的。

我的上學路線和他差不多，一個禮拜大概會碰到兩、三次吧……蛤？我才不會那麼無聊跟他說我還沒吃早餐，是他自己問我我才講的，而且去那家早餐店也是他拉我去的。

他一向都點菜單上最貴的給我，但這也不是我要求的。他常常說，他媽媽說要吃飽一點再去上學。

至於他的錢是怎麼來的？他說是跟他爸媽要的啊！他也說他敢偷錢，我不知道這是不是真的啦，但他有好幾次跟我說他在路上撿到錢。

我從來不覺得我是在利用他，因為他是自願的——我真的認為他是自願的。

他又不是只有對我好，他對班上其他同學也都很好。

我們教室在五樓，下課都會有人要他去地下室合作社買冰礦泉水，他都很高興啊！有一次下課他還去了三次哩，他又沒有說不要。

還有上戶外課的時候，如果有東西放在教室沒帶，只要找他去拿就一定沒問題——是不是有人藉機整他，這我就不知道了。

我想，找他幫忙的人是真的有需要，

然後他又真的想服務大家，這不就是生物課說的「食物鏈」嗎？或者叫「各取所需」吧！而且沒有人因此不開心啊！

我知道班上有一個笑話說，只要給劉明鴻一點好處，比方說對他笑一笑、眨眨眼，或是隨便跟他聊一、兩句後，之後兩天不理他，他就會主動過來討好你。而且你愈不理他，他就會愈急——我是聽別人說的，我才沒有這樣做。

我知道他國小時自願替朋友挨過打——他真的很傻，對吧？只要有人要他做什麼，他就會照做。

但是這一次打群架的事，我真的不知道。我如果知道，一定會勸他不要去。

以上是我的事實報告，我發誓我沒有說謊。

向善國中事實報告書

8年3班32號　陳〇〇

劉明鴻被打傷住院的事，是導師昨天在班上早自習時說了，我才知道的。

前天放學時，我問他要不要跟我一起走，但他說有重要的事，要我不用等他。

那時我就覺得他怪怪的，看起來有點興奮，又有點緊張，一直東張西望。

早知道他要跟同學去林〇國中打群架，我一定會阻止他——我知道他不見得會聽我的，但我會想辦法把他帶到別的地方，或是告訴導師。

他那麼瘦小，反應又差，運動神經也不好，到底是誰要他去打架，而且還是到別人的地盤去談判？這樣當然很危險！

我已經打電話跟我媽媽說好了，今天

下午放學後，要和班上同學一起去看他。

＊　＊　＊

從上學期開始，我們導師有請我陪伴劉明鴻。導師說，因為我是副班長，加上我的想法比較成熟，做事也可以信任，所以把這個任務交給我。

所謂「陪伴」的意思，就是常常跟著劉明鴻，注意他在做什麼、和什麼人在一起，提醒他不要做危險的事；如果發生什麼狀況，也要趕快告訴導師。

導師還跟我說，劉明鴻太單純，很容易相信別人的話，她怕他被利用。

我覺得劉明鴻這個人，大部分的時間都很正常，但只要有人拜託他，他的弱點就會跑出來——他會為了「朋友」做任何事，即使「兩肋插刀」也在所不惜！即使

對方跟他根本沒什麼交情，甚至沒把他當「朋友」，他也會去相挺。

他說這叫「情義」，還說出外就是要靠朋友……我是覺得怪怪的啦，但不知道要怎麼反駁他。

他常常主動幫我做打掃工作——雖然我跟他說過不用，可是他還是一邊做，一邊說反正他沒事，而且他也要等收好垃圾才能拿去倒。

但我覺得他是熱心過頭，我常常看到他自己的工作都還沒做完，就去幫忙做別人的事。

＊　＊　＊

他有一次跟我說，因為他爸爸工作的關係，所以他國小轉學很多次。每次只要一轉學，原來的朋友就全部都沒了。

他還說過有一次轉學到新學校，整整兩個禮拜，都沒有同學和他講過一句話，他簡直比自閉兒還慘！我覺得，他好像因此想交很多很多朋友。

我很後悔前天放學時，沒有多問一句他要去哪裡、做什麼事，這樣我也許可以阻止這件事發生。

聽說他的頭縫了七針，希望他早日康復。

我以後一定會把他盯緊一點的。

以上就是我的事實報告，我說的全都是真的，絕無造假。

處方：認識自己10毫克，自我調適10毫克，自信5毫克，自尊5毫克，肯定自我20毫克（請依處方箋至藥房指明「紅色包裝」——來自自我的肯定，不是「藍色包裝」——來自阿貓阿狗或不認識的路人鄉民的肯定）。

醫囑：真正的友誼是自然而然發生的，真正的朋友是因為想在一起而在一起的，絕不會是為了得到某些好處、特定目的，甚至能交換利益而和對方在一起。

注意：怕孤單是正常的，但不用太勉強而讓這種心態成為自己的弱點。調整自己是必要的，但也不用完全失去自我。

警語：真心無法勉強。

民間偏方：錯過是美麗的，下一個朋友可能會更好。

魔鏡會客室

我在等你發病的背影混入來來往往的人裡，直到再找不著了，我知道我這事辦成了，便進來坐下——喔，我歡喜的眼淚又來了。

——病毒宣言

情緒病毒小檔案

學名：嫉妒。

俗名：非結膜發炎引起之紅眼症。

外觀／顏色：球體，上覆刺針組織，刺針沿球體軸線向外對生，有十六對、二十四對、三十二對不等／暗紅、絳紅或紫紅色。

體積：目前發現最長直徑約39奈米。

病例圖檔：一 一+

喜愛環境：競爭大、門檻高、標準嚴的封閉式環境。

潛伏期症狀：慢慢形成特別在意的對象。

發作期症狀：厭惡、挑剔、排斥、阻撓對方。

其他可能伴隨症狀：對自己的挫折無力排解，嚴重者會有你死我活或玉石俱焚的極端心態。

女孩：魔鏡、魔鏡，誰是世界上最漂亮的女生？

魔鏡：……

女孩：（大聲）請問魔鏡，誰是世界上最漂亮的女生？

魔鏡：……

女孩：（開始啜泣）為什麼不回答呢？我知道我不是世界上最漂亮的女生……我就知道。鏡子裡什麼都沒有，我一定是全世界最醜的女生！嗚嗚……

魔鏡：妳是誰？妳為什麼這樣問？

女孩：你為什麼要管我為什麼這樣問？你不是魔鏡嗎？

魔鏡：……我要先確定妳的來意……

女孩：什麼？

魔鏡：當年，白雪公主的後母，一巴掌打壞

了我額頭右上方的精緻雕刻。後來，灰姑娘的兩個姊姊一人一腳，踢斷了我的左腿——我可憐的兩個支架之一啊！

女孩：呃……

魔鏡：這還沒完，白雪公主的繼母又補了一拳，我美麗的鏡面，也就是我吃飯的傢伙，幾乎裂成兩半……那時，我心灰意冷，不想見人了，等到甄嬛、曹琴默和安陵容一起來的時候，我簡直怕死了，乾脆把大門鎖起來，躲在裡面裝死。還好，她們在門口吵了一陣後就走了。

女孩：她們也來過？

魔鏡：是咩！唉，我都一把老骨頭了，為什麼妳們還是一堆問題，老是要找我

呢？

女孩：因為我不服氣啊！妳看《後宮甄嬛傳》裡那些女人多可憐，這就是女配角的命運嗎？自己又不差，為什麼要眼睜睜看著別人當女王？難道就因為鬥不過人家，就要當小丑、當備胎、當綠葉嗎？不要！我要當回全班最漂亮的女生，我就是要！

魔鏡：妳聽好。不再有了……不再有最漂亮的女生了。

女孩：什麼？

魔鏡：奇怪，我這面魔鏡都進化了，為什麼人類還是沒有進化？跟妳說沒有，就是沒有。

女孩：有！明明就有！班上新轉來的那個女生，她最漂亮！

魔鏡：（拍額）又來了……

女孩：（大哭）她、她什麼都比我強！她皮膚比我白，眼睛比我大！她一來，就搶走了所有風采！以往都是我負責參加詩詞朗誦比賽，這次卻被她取代了！她只要在臉書上隨便發個貼文，即使只是貼上擠痘痘的照片，按讚的人都比我的多！氣死人了，連考試的名次都剛好在我前面，害我退步了一名，被爸媽念了好久好久……我不要我不要我不要！

魔鏡：（雙手摀耳）好了、好了，拜託小聲一點！

女孩：（哭更大聲）我好想在網路上發黑函攻擊她！我想咬她！我想要她立刻從世界上消失！嗚嗚……

魔鏡：（嘆氣）好了啦，不要哭了。

女孩：（轉為啜泣）……嗚嗚……

魔鏡：我懂了。妳覺得她搶走原本屬於妳的一切，妳覺得自己只要比她更美、更優秀，自己就可以找回失去的東西，是嗎？

女孩：（點頭）嗯……

魔鏡：那要是再轉來一個更美、更優秀的轉學生呢？

女孩：啊？

魔鏡：妳是不是又會再度崩潰？然後我又會再次遭殃……（低聲）

女孩：（沉默）

魔鏡：妳沒發現嗎？讓妳痛苦的真正原因，是妳不斷拿自己和她比較，比較外表、比較才藝、比較人緣、比較功

課……

女孩：……

魔鏡：先說外表好了，妳和她長得不一樣——我可不是在敷衍妳，我真的不覺得妳跟她一定是誰美或誰不美。妳跟她就是不一樣，世界上沒有人長得一樣，除了雙胞胎。但妳如果真的長得跟她像雙胞胎，我想大家都會更痛苦……不一樣，其實是好的。

女孩：（好奇的聽著）

魔鏡：「美麗」本來就沒有一定的標準。如果白皮膚才是美麗的，那就是否定了大部分的非洲女孩；如果大眼睛才是美麗的，那大部分的亞洲女孩馬上就被淘汰了。當然，每個時代都有每個時代流行的「標準」，就像妳剛剛說的那些，但那也只是一時的，而且妳想過這種標準是誰訂出來的嗎？應該不是跟妳同種族的人吧！那妳又為什麼要在意它呢？既然這只是世界上某些人設下的標準，妳就算勉強自己符合了，又有什麼好高興的呢？

女孩：……

魔鏡：妳在民主社會長大，應該知道每個人都可以有自己的主張，每個人的看法都可能不同，那妳也應該相信，如果有人認為她美，肯定也會有人認為妳美。

女孩：……

魔鏡：妳要知道，妳和她不一樣。如果什麼都要拿來比的話，很容易就會讓妳失去理智。（下意識摸著自己左邊的額

頭）妳再一樣樣來分析：妳的詩詞朗誦比賽為什麼沒得到代表班上比賽的機會？是發音、臺風、咬字、表情，還是動作的問題？妳仔細檢討過了嗎？

女孩：（低頭不語）

魔鏡：我再問妳，那個轉學生的詩詞朗誦比賽得全校第幾名？

女孩：第四名。

魔鏡：這表示除了她，還有三個人的詩詞朗誦表現比妳好，那妳為什麼不是跟這三個人比，而是一定要跟她一個人比？這不是很奇怪嗎？

女孩：（囁嚅）可是……可是，她還搶走了原本圍繞著我的粉絲……

魔鏡：拜託，妳真的當自己是明星或公主

嗎？妳不需要粉絲，只需要真心的朋友。朋友之間講究的是平等對待，彼此真誠、自動自發、不計較的付出與回饋。如果妳以這樣的真心對待別人，就會得到真正的友誼；如果妳什麼都沒做錯，卻因此失去朋友，那這樣的友誼也許從一開始就不可靠，妳下次仍然可能因為其他很微小的理由，失去妳所謂的「朋友」。

女孩：……

魔鏡：（灌一大口水）請問關於成績的事，我可以不用再說了嗎？這一題，妳可以自己練習吧？

女孩：……我想可以。我應該思考我為什麼沒考好，而不是為什麼輸給她。

魔鏡：嗯，妳是個聰明的小孩，懂得舉一反

三。我相信妳的先天條件絕對不會輸給她，但妳要把聰明用在對的地方。

女孩：要把聰明用在……讓自己更好的地方，追求對自己真正有意義的事物……

魔鏡：對呀，我最怕妳們把聰明用來搶王子或是皇上，不要再看那麼多童話或連續劇了，天下沒有那麼多王子啦！再說，嫁給王子也不一定是好事。（不捨的舉起自己的左腿左看右看，惜惜呼呼）

女孩：唔……

魔鏡：要記住，妳是獨一無二的好女孩。

女孩：（似懂非懂）嗯……

魔鏡：妳不需要像別人的樣子，懂嗎？我看過的人類多了，知道你們有一個老

毛病，就是總覺得別人的比自己的好——別人家的草地比較綠、玫瑰花比較紅、爸媽比較慈祥、月亮還比較圓。事實上真的是這樣嗎？連可欣都沒有自己的煩惱嗎？是妳不知道而已吧！妳是上天獨一無二的創造，妳要學會欣賞和珍惜妳自己。

女孩：是喔……咦？我沒有跟妳講過可欣的名字吧？妳怎麼會知道？

魔鏡：（嘆氣）因為她前幾天才來過。

女孩：什麼？妳說什麼？她為什麼來？

魔鏡：（打呵欠）她說妳讓她壓力很大，她嫉妒妳的理化成績，嫉妒妳的酒窩和鼻子，她討厭自己，更討厭她自己討厭別人。她還說她不知道要怎麼辦。

女孩：啊？

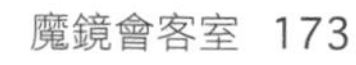

魔鏡：所以不要再陷入「比較」的陷阱了，那是一個無底洞，妳會出不來的。

女孩：唔……

魔鏡：（拍腿）我真的該下班了。妳現在再看著我，妳心目中的魔鏡。

女孩：咦？

魔鏡：妳在裡面看見妳自己了嗎？

女孩：有，我看見了……

魔鏡：看清楚，這就是妳。獨一無二的妳。不要和別人比。

女孩：……唔，我知道了……謝謝妳，魔鏡。（站起身來）

魔鏡：（起身）不客氣。

女孩：（從大門離去）再見。

魔鏡：再見。下次不要再來了喔。

女孩：嗯。

魔鏡：（關上門，滿臉疲憊）唉，我到底要什麼時候才可以等到人類不再嫉妒，才可以辦理退休呢？

處方：寬邊近視眼鏡一副，精密聽診器一副，洗腦精一瓶或心臟擴張劑一罐。

醫囑：1.近視眼鏡使患者視野更寬、更遠，此處方得依患者狀況有所改善而停用。

2.聽診器使患者習慣傾聽自己的聲音，以提升對自身的了解，所謂「度人之前必先審己也」，此處方亦得依患者狀況改善而停用。

3.洗腦精及心臟擴張劑外用、內服或兩者並用，需規律使用直至患者完全相信世界上的成就有很多種，才能完全停用。

備用處方：康皮特涅斯（competitiveness，好勝心）一錠，50毫克，針對極端消極或極端自我的患者特別準備，必要時服用。

注意：服用備用處方後，臨床發現82%的患者會發生「見賢思齊」的效果，但18%的患者會產生「自暴自棄」或「毀滅他人」的念頭，如果發生類似副作用，請即刻停用並馬上回診。

謊言製造機

失望結隊，私擬作群鶴舞空，心之所向，則或千或百，果然鶴也；昂首觀之，項為之強。又留失望於私囊，使之沖煙飛鳴，作青雲白鶴觀，以天為屏，以地為界，神遊其中，怡然自得。

——病毒宣言

情緒病毒小檔案

學名：失望。

俗名：幻滅症候群。

外觀／顏色：立方體／鐵灰、純黑、亮黑等類金屬色澤。

體積：每邊長約48～88奈米。

病例圖檔：ᵔ＿ᵒ

喜愛環境：天真、好騙、不世故或愛做夢的體質。

潛伏期症狀：疑心病、好發問、旁敲側擊。

發作期症狀：悵然若失、捶胸頓足、嚎啕大哭、心肺俱裂、天地變色，號稱人生從此走入黑白。

其他可能併發症狀：多疑、妄想、孤僻、不信任他人。

我討厭耶誕節。因為——

沒，有，耶誕老公公。

他，是，假，的。

是所有的爸爸媽媽編，出，來，的。

三歲以前的事，我記不起來了，但是我爸媽說，那個「音樂長頸鹿」是耶誕老公公給我的一歲耶誕禮物。跳跳馬是兩歲的。新幹線火車是三歲的——

我確定我爸媽從那時開始，已經不斷灌輸我「如果我很乖、很聽話，耶誕老公公一定會送我禮物」這件事。

我還真的相信了。

難怪四歲那年，還沒到耶誕節，爸媽就拚命鼓勵我許願。他們說耶誕老公公正在蒐集小朋友的願望，才能準備禮物送給我；如果不趕快許願，耶誕老公公就要到別的國家去了。

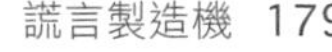

後來我說我要一輛玩具摩托車，結果耶誕節的前幾天，我從幼稚園回家時，正好看到媽媽在收快遞——那個箱子上的圖片，就是玩具摩托車。

我還記得我問媽媽說，這是給我的嗎？耶誕老公公為什麼沒有自己送過來？而且耶誕節不是還沒到嗎？

媽媽好像很尷尬，她說耶誕老人那年重感冒，不方便出門，提早用快遞把禮物送來，拜託她轉交給我。我媽還說，耶誕老公公一直說sorry，不能親自交給我。

我那時候就應該要懷疑的——耶誕老公公說的是芬蘭話吧！怎麼會是英文呢？

五歲那年，爸媽又問我耶誕節想得到什麼禮物，我說要變形金剛，而且指定柯博文，結果耶誕節那天早上，我收到的竟然是密卡

登！我難過得哭了，大聲叫著：「密卡登是壞人！我不要！」

爸媽聽到聲音跑進我房間，問清楚狀況後媽媽安慰我說，耶誕老公公大概沒空看電影，所以不小心弄錯了。爸爸也說沒關係，他會想辦法跟耶誕老公公講，請他送一份新的禮物。

爸媽出去後，我聽到爸爸說他不知道這些機器人還有分好的和壞的，因為老闆說嚴重缺貨，只剩下密卡登。

那一年等了好久，我才拿到柯博文。

那時我就覺得不大對勁，因為我幼稚園同學明明有拿到柯博文，而且我從來沒聽過有人把耶誕老公公叫作「老闆」。

到了六歲那年，我自以為變聰明了，還提早跟爸媽說我要一個炫光溜溜球。結果耶誕

節那天，我連溜溜球的影子都沒看到，又再等了好幾天，還是沒收到。

我在窗戶上貼了一張紙條給耶誕老公公，又跑去跟我爸說我沒收到禮物，他才發現耶誕節已經過了。爸爸說其實耶誕老公公有寫電子郵件給他，問我想要什麼禮物，可是他到醫院陪媽媽生弟弟，所以還沒回信——但他承諾，他會趕快回信給耶誕老公公。

差不多過了三個禮拜吧，溜溜球才出現在我的床頭。

我問爸爸，溜溜球是耶誕老公公親自送來的嗎？那他為什麼沒有拿走我的紙條？爸爸說當然是耶誕老公公本人送來的！可能是剛跑完全世界，耶誕老公公太累了，所以沒看到紙條。

可是那天晚上，我很確定我房間的窗

戶是鎖起來的，一直到早上，都沒有人進來過。

七歲時，我本來想要耶誕老人送我一隻獨角仙和飼養箱，結果爸爸皺著眉頭說，耶誕老公公住在芬蘭，可能沒看過那種東西，問我可不可以買「實用」的禮物。

我跟爸爸說，獨角仙本來就不是「食用」的，可是爸爸好像聽不懂，他說他怕弟弟會把獨角仙或木屑抓出來塞進嘴裡。

後來討價還價的結果是，他說耶誕老公公只答應送我一隻猩猩布偶。

我很生氣。因為耶誕老公公怎麼可以按照自己的意思，而不是依照小朋友的願望發禮物？這種行為也太不「耶誕老公公」了吧！

八歲那年更奇怪，我明明記得我有說想要一輛變速腳踏車，可是我不但沒收到禮物，

爸媽還說我從來沒有告訴他們我想要什麼。

我說我真的有講，但那時我弟弟又快把桌上的碗筷掃到地上了，我爸媽忙著搶救，之後我們就沒有再談過這件事了。

過了幾天，我又問起耶誕禮物，媽媽說她在新聞裡看到，耶誕老公公的麋鹿因為不聽話跌斷了腿，而且耶誕老公公的工廠員工辭職了，臨時找不到人幫忙，所以那一年有些小朋友沒收到禮物。

爸爸也在旁邊說，耶誕老公公有寫電子郵件給他，說我們家新車載不下那麼大的腳踏車，所以下次再把這份禮物送給我。

可是耶誕老公公怎麼知道我們家車子的大小？還有，他不是會用快遞嗎？

九歲那年，我的同班同學小柏問我，相不相信世界上有耶誕老公公？我說相信。他說

如果我相信的話，那他也相信。

那一年我只有祈禱，請耶誕老公公不要送我弟弟禮物，結果耶誕節那天我收到一隻電子表——可是我弟也拿到一隻一模一樣的！

每次我玩電子表裡的遊戲時，我爸就抱怨好吵。我聽到他問媽媽，那隻手表多少錢，媽媽說是團購的，他們好像還吵了一架！爸爸怪媽媽沒有先問他，還說這樣把我寵壞了。

我的疑問是——禮物不是耶誕老公公準備的嗎？跟媽媽有什麼關係呢？

還有，耶誕老公公怎麼會送電子表給我三歲的弟弟？他根本看不懂啊！難道耶誕老公公沒聽到我的祈禱？

十歲那年，我們班上的「小博士」班長（大家都這樣叫他）說，世界上根本沒有耶誕老人！可是我不相信。

我記得很清楚，那一年我從十月一日開始就表現得很乖：每天準時交功課，那次月考每科都考八十幾分以上，回家還幫忙倒垃圾、收拾房間跟乖乖刷牙——結果，我還是沒收到耶誕禮物。

當我問爸爸媽媽，耶誕老公公是不是漏掉我們家了，爸媽的表情很驚慌，然後開始結巴，說耶誕老公公一定是忘記了，還抱怨他怎麼可以忘記全世界最聽話的小孩。

過了一個禮拜，我的床頭出現了一顆籃球。但媽媽問我，我的電動摩托車可不可以給弟弟騎，當作是耶誕老公公送他的禮物。

我是借他了啦，但我的問題是——每個小朋友不是都有一份禮物嗎？耶誕老公公為什麼不準備禮物給我弟弟，反而要媽媽拿我的舊玩具給他玩？

當我把我的疑問告訴媽媽時，她只說弟弟那麼小，還不懂事，就借他玩一下，不要管那麼多。

當然，我更大的疑問是——如果耶誕老公公最疼聽話的小孩，那我努力那麼久，為什麼他沒有準時來？耶誕老公公到底怎麼了？

十一歲時，我跟安親班同學為了「世界上有沒有耶誕老公公」爭吵，後來大家說用投票表決好了，結果認為「沒有」的有九票，認為「有」的只有兩票。連小柏都投「沒有」。

後來那個總是畫濃妝的Rita老師進來教室，聽到我們在表決「世界上有沒有耶誕老公公」，她還大笑了好久，說我們都已經五年級了，怎麼還那麼幼稚。

我抱著一線希望回家問爸媽，他們卻支

支吾吾的。

爸爸說，最近禽流感爆發，耶誕老公公在網站首頁宣布，今年起不得不跳過亞洲的行程。媽媽則說，因為我們買了房子、搬了家，她覺得耶誕老公公應該找不到我們的新家。

這答案我當然不滿意——爸爸在我六歲時就說過，耶誕老公公每年都會跑遍全世界，怎麼可能因為一個小小的傳染病就不敢來亞洲？如果真是這樣，那他不就永遠都不要踏進非洲了嗎？

但我爸媽罵我怎麼那麼煩，不要再說了，趕快去睡覺！

那年，我不但沒有耶誕禮物，而且還真的動搖了。

所以，我在心裡決定——今年，十二歲，我要給「耶誕老公公」最後一次機會。

因為不希望他有藉口說忘記禮物或是走錯路，所以我決定提早把我的願望跟他說，還要請爸爸寄google定位地圖給他。

決定要說出願望的那天，我七點多就回到家，但等了好久，媽媽還是沒有回來。

我在八點多時打電話給媽媽，她說今天加班，剛離開公司要去保母家接弟弟，問我在安親班吃過晚餐了沒。我說吃過了，還說我今年想跟耶誕老公公要「Xbox One」。媽媽問我那個要多少錢，我說網路上要一萬一千多元，她想了想，嘆了口氣說：「去問你爸吧！」

結果那天晚上，我爸也加班到快十一點才回來，我等得好累但我沒睡著，因為我怕如果那天沒講，可能又要好幾天碰不到爸媽——他們那一陣子都很忙。

我爸一進門，我就迫不及待跑過去跟他

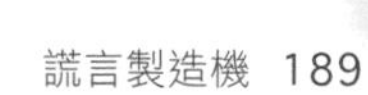
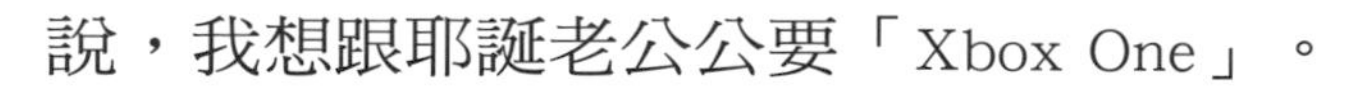

說，我想跟耶誕老公公要「Xbox One」。

然後我爸就倒在沙發上，有氣無力的說：「耶誕老公公？他罷工了！」

「才沒有！」我說。

「他想要休長假，他沒有錢了，他要付房貸和車貸，放過他吧！」我爸疲倦的說。

「所以……沒有禮物？」我感覺自己在發抖。

「對……沒有……」我爸的聲音愈來愈模糊。

「世界上根本沒有耶誕老公公！對不對？」我大叫：「你們都是騙我的！對不對？」

我爸伸出一隻手遮住臉，我激動得跑過去搖他——但是他已經睡著了。

那天晚上我忍不住哭了。

原來小博士是對的，原來Rita老師是對的，連小柏都知道了——

全世界的爸爸媽媽都在說謊，製造了耶誕老公公的傳說來欺騙小孩！

如果小孩起了疑心，爸媽就會編更多謊話來掩飾破綻；騙一天，算一天，直到不能騙了為止。

我想不出比這個更虛偽的事了！

大人好壞。真的好壞。

不過……

這表示，不是耶誕節的時候也可以……

嗯。我會原諒。我可以等。沒關係的。

過年的時候……可以吧？我會有「Xbox One」吧？

處方：1.「面對」膠囊，500毫克，一天一錠，早餐前空腹服用，完整療程至少一週（此為目前唯一有效處方）。

2.「安慰劑」維他命C，250毫克，一天兩錠，早晚服用。

3.時間、陽光、朋友陪伴、適度發洩都可能有所幫助。

醫囑：（青少年版）幻滅是成長的開始。

（中老年版）人生不如意十之八九。

副作用：藥劑若未發揮效果時，患者會出現逃避現實、拒絕嘗試等症狀，嚴重時需回診治療。

推薦實用偏方：難過還是要過，要不然是要怎樣。

特別收錄《KANO》勵志名言：可以失望，但不能絕望。

國家圖書館出版品預行編目資料

情緒小小兵／賴小禾文；蔡嘉驊圖. －初版 . --
臺北市：幼獅，2017.09
面； 公分. --（故事館；48）
ISBN 978-986-449-086-8（平裝）

859.6　　　　106012320

・故事館048・
情緒小小兵

作　　者＝賴小禾
繪　　者＝蔡嘉驊
出 版 者＝幼獅文化事業股份有限公司
發 行 人＝李鍾桂
總 經 理＝王華金
總 編 輯＝劉淑華
副總編輯＝林碧琪
主　　編＝林泊瑜
編　　輯＝周雅娣
美術編輯＝李祥銘
總 公 司＝10045臺北市重慶南路1段66-1號3樓
電　　話＝(02)2311-2832
傳　　真＝(02)2311-5368
郵政劃撥＝00033368

印　刷＝崇寶彩藝印刷股份有限公司
定　價＝250元
港　幣＝83元
初　版＝2017.09
書　號＝984220

幼獅樂讀網
http://www.youth.com.tw
e-mail:customer@youth.com.tw
幼獅購物網
http://shopping.youth.com.tw

行政院新聞局核准登記證局版臺業字第0143號